MAGAMI PLUS

1

Idée originale et texte :
Maryam Seifddine

Illustration et mise en page :
Viviana Quintero

Impression : DZS GRAFIK

Conforme à la loi n° 49.956 du 16 juillet 1949
sur les publications destinées à la jeunesse.
ISBN : 978-2-492350-02-3
Dépôt légal : octobre 2021
Imprimé en Europe.

4 rue de la République, 69001 Lyon
www.pimagix.com

BANDE D'INCROYABLES

MAGAMI PLUS 1

Ce livre au titre décalé t'est dédié.

Si tu es un·e ado, il y a 79 % de chances que quelqu'un ait acheté ce livre pour toi : probablement ta mère, ton père, ta grand-mère, ou juste un adulte qui te veut du bien !
Oui, sache que nous avons fait un effort surhumain pour les convaincre de te l'offrir (par les publicités Facebook et Google, et même quelques contacts presse).

Nous leur avons ensuite promis qu'en t'offrant ce livre, ils pourraient dire à tout le monde à la prochaine réunion de famille à quel point tu es un ange.
Donc, garde le secret et surtout comporte-toi bien, s'il te plaît, à cette occasion, pour que nous soyons sûrs de vendre un million d'exemplaires avant la fin de l'année.

Plus sérieusement, nous espérons que ce livre fera partie de ta vie quotidienne pour les prochains jours. Nous espérons que tu trouveras dans les pages suivantes le super pote que nous avons tous rêvé d'avoir un jour : cool, bienveillant et décomplexé, avec beaucoup d'expériences de vie qui aident à apprendre comment penser, plutôt que quoi penser…

Nous espérons que ce livre te confirmera le fait que tu es un·e rêveur·se et créateur·rice sans limites, qui a le pouvoir de faire des choses formidables dans ce monde.

P.-S.

Si tu as besoin de nous contacter, un petit e-mail à magami.plus@pimagix.com sera le bienvenu :

Yo l'équipe,

Ce livre est nul ! Je regrette que ma grand-mère ait dépensé son argent pour me l'acheter ! À ce prix-là, elle aurait pu s'acheter un trèfle à quatre feuilles pour mettre un peu de verdure chez elle...

Yo l'équipe,

Honnêtement, j'adore ce livre.
Je l'ai fini en un après-midi et je l'ai recommandé à tous mes amis. Au fait, j'aurais besoin de votre avis sur...

On t'assure qu'on fera de notre mieux pour répondre au deuxième e-mail en moins de 72 heures !

Et on fera aussi de notre mieux pour répondre au premier en moins de 72 jours (juste le temps qu'il nous faut pour trouver un trèfle à quatre feuilles porte-bonheur, qu'on offrira joyeusement à ta grand-mère).

Donc si tu es prêt·e, partons pour une aventure que tu ne risques pas de regretter !

AVEC AMOUR,
L'ÉQUIPE PIMAGIX.

Ce livre contient des **secrets** que nous ne connaissions pas quand nous avions ton âge, pour tout t'avouer. Nous aurions vraiment aimé les connaître pourtant. Nous sommes sûrs qu'au fur et à mesure que tu liras ce livre, tu comprendras pourquoi.

Tu vas découvrir des idées et apprendre des choses dont beaucoup de personnes, y compris des adultes, n'ont pas toujours conscience.
Nous aurions adoré savoir tout cela étant ados, car ça nous a pris des années pour découvrir ces « secrets » qui ont eu un impact massif sur nos vies et sur la vie d'autres personnes également.

Et tu peux nous croire, ils auront un énorme impact sur la tienne aussi. Pas parce que tu auras simplement lu ce livre, mais grâce à ce que tu feras avec les choses que tu apprendras dans ce livre. C'est ça qui compte vraiment.

Ce livre a pour but de s'assurer que tu ne reproduiras pas les mêmes erreurs que nous.

* ON VEUT QUE TU CROIES EN TOI.
* ON VEUT QUE TU AIES UNE VIE EXTRAORDINAIRE.
* ON VEUT QUE TU RÉVÈLES TON POTENTIEL SANS LIMITES.
* ON VEUT QUE TU BRILLES.
* ON VEUT QUE TU AILLES AU-DELÀ DE TES AMBITIONS.
* ON VEUT QUE TU DÉCOUVRES LA VERSION LA PLUS INCROYABLE DE TOI-MÊME.

Mais pour arriver à ça, tu dois être différent·e des autres personnes. **Différent·e d'une super bonne manière.**

Comment ?

Tu devras faire des efforts pour y arriver, et cela commence par lire ce livre. Crois-nous, ça demande du travail de devenir la version la plus extraordinaire de soi-même.

Et personne ne le fera à ta place. Personne ne fera les efforts nécessaires pour toi. Heureusement, il y aura des gens qui pourront t'aider, te conseiller et te soutenir dans ton chemin vers l'extraordinaire, mais c'est ta vie. Et ta responsabilité.

Cela dit, nous espérons que tu ne vas pas laisser tomber ce livre pour retourner à ton portable, faire défiler les pages sur les réseaux sociaux, regarder de la télé-réalité, ou encore partager une 1 456e vidéo sur TikTok. Toutes ces choses-là peuvent attendre, parce que ce livre va t'aider à devenir extraordinaire et sera le nouveau truc « COOL » dans ta vie.

Nous croyons aussi que tu es suffisamment intelligent·e pour comprendre que changer tes habitudes quotidiennes transformera ta vie, que la manière dont tu penses détermine celle dont tu agis, et que ton comportement conditionne ce qui t'arrivera dans les prochains jours, mois et années. Nous te promettons que le chemin en vaut la peine.

Donc, si tu es arrivé·e jusqu'à cette phrase, nous sommes sûrs que tu iras au bout de ce livre. Parce que tu sais que ce livre contient des merveilles qui te donneront un vrai coup de pouce dans la vie.

BIENVENUE dans la version extraordinaire de TOI-MÊME !

« Tout le monde
est un génie.
Mais si vous jugez
un poisson
sur sa capacité
à grimper à un arbre,
il passera sa vie
à penser
qu'il est stupide. »

ALBERT EINSTEIN

OK ! Mais à quoi ça ressemble de devenir
la version extraordinaire de moi-même ?

* TU SERAS HEUREUX·SE. (PARCE QUE TU LE MÉRITES !)
* TU TE SENTIRAS BIEN.
* TU COMPRENDRAS FINALEMENT QUI TU ES, C'EST-À-DIRE UN ÊTRE HUMAIN INCROYABLE QUI PEUT AUSSI FAIRE DES CHOSES STUPIDES PARFOIS. (ON EN FAIT TOUS, ET C'EST NORMAL !)
* TU VAS AVOIR L'ÉTAT D'ESPRIT D'UN CHAMPION POUR TROUVER TA VOIE DANS CE MONDE.
* TU VAS AVOIR UNE VIE EXTRAORDINAIRE. (QUI A ENVIE D'AVOIR UNE VIE ENNUYEUSE ?)

Bien ! Mais pourquoi devrais-je prendre au sérieux le fait de devenir la version extraordinaire de MOI-MÊME ?

Parce que devenir cet extraordinaire TOI t'aidera à atteindre ton plein potentiel.

Et parce qu'il y a une vérité qui fait mal : dans cette vie, tout le monde ne vit pas en exploitant son plein potentiel.
À vrai dire, peu de personnes y arrivent. La plupart gâchent leur potentiel, vivent leur vie dans une prison. Et comme tu le sais, la prison n'est pas vraiment un endroit sympa. Des choses pas très cool arrivent dans un tel endroit.
Mais pourquoi choisirais-tu la prison, si le paradis est une option possible ?

Nous n'avons pas vraiment la réponse à la dernière question, mais tu l'as, car c'est ton choix. Et tu peux décider de ce que tu préfères.

Continuons...

Attends... attends une seconde !
Mais qui êtes-VOUS ?

Qui sommes-NOUS ?

Alex, Magy, Tom et **Lola.**

Qui ?

Alex, Magy, Tom et Lola : meilleurs amis depuis plus de vingt ans, nous sommes aussi connus pour être la meilleure **« bande d'INCROYABLES »** que tu rencontreras.
Tu vas en apprendre beaucoup plus sur nous dans les prochaines pages, sois simplement patient·e.

Mais quand nous avions ton âge, on nous appelait littéralement **« la bande de LOSERS ».**
Malheureusement, nous avons cru à cela pendant tellement d'années ! Nous avons raté pas mal d'occasions, nous avons vécu des moments difficiles et nous croyions qu'il n'y avait rien de spécial en nous.
Nous pensions que nous étions juste des personnes ordinaires, stupides et malchanceuses, que nous vivions seulement sur cette planète parmi quelques autres milliards de personnes qui semblaient toutes plus heureuses et chanceuses que nous.

Ça nous a pris des années et des années pour réaliser que nous avions la capacité de devenir une vraie **« bande d'INCROYABLES ».**

Pourquoi ?

Parce qu'il y a des choses qu'on ne nous avait jamais apprises à l'école, et assez peu d'adultes autour de nous semblaient en être conscients.

Donc nous avons dû grandir, voyager, vivre plein d'expériences, nous ouvrir à de nouvelles idées, cultures, pensées et faits, dire au revoir à de vieilles croyances et en adopter un tas de nouvelles, reprogrammer notre état d'esprit, lire beaucoup, aimer beaucoup, croire que nous avions le pouvoir de changer notre vie et que nous étions capables d'être simplement **INCROYABLES !**

Et quel chemin dingue nous avons parcouru ! C'est pour ça que nous voulons te révéler nos secrets.

Oui, **des secrets qui te permettront de vivre une vie fabuleuse et de devenir la meilleure version de toi-même.**

Merci ! Mais pourquoi MOI ?

Tu ne nous connais probablement pas, et on ne te connaît pas non plus. Mais, crois-nous quand nous te disons que ça nous tient à cœur de te parler. Nous le pensons, nous sommes sincères. À vrai dire, il est probable que nous tenions plus à toi que tu ne tiens à nous. Tu es notre futur. Nous savons que si tu fais ce qui est écrit dans ce livre, ta vie sera géniale.
Ça nous aiderait vraiment que tu le prennes à cœur aussi.

Si tu te moques de ton futur, alors il n'y a pas grand-chose que nous puissions faire de plus pour toi. Mais sache que la vie est courte et très précieuse.

Nous voulons que tu vives ton adolescence mieux que la nôtre. Le monde ne veut pas que tu te contentes de te débrouiller. Le monde a besoin que tu prennes ta vie en main et que tu te démarques. La plupart des adultes sont à des kilomètres de se sentir aussi bien qu'ils le devraient. Mais tu ne vas pas faire la même erreur qu'eux, n'est-ce pas ?

Nous pensons vraiment que tu es capable de faire une différence, pas seulement dans ta vie, mais dans ce monde.
Lis ce livre, reviens-y, relis-le encore et mets le tout en pratique.
Nous te garantissons que ta vie sera meilleure !

***Mais avant
de commencer
notre aventure ensemble,
voici quelques portraits
de nous avec
nos citations favorites :***

« Seuls ceux qui sont assez fous pour penser qu'ils peuvent changer le monde y parviennent. »

Steve Jobs

« Quand votre intention est claire, le chemin l'est aussi. »

Alan Cohen

MAGY

TOM

« Je ne perds jamais,
car même dans la défaite
réside une leçon mémorable,
donc pour moi
tout s'équilibre…
VOUS APPRENEZ PLUS
EN ÉCHOUANT
QU'EN RÉUSSISSANT. »

Jay-Z

***« Ceux qui ne croient pas
en la magie
ne la trouveront jamais. »***

Roald Dahl

LOLA

« On ne vit
qu'une seule fois,
mais si on vit bien,
une seule fois suffit. »

MAE WEST

Alors, est-ce que tu es prêt·e à faire un voyage qui t'emmènera dans un endroit incroyable où tu pourras découvrir la meilleure version de toi-même ?

L'INCROYABLE
POUVOIR
DE TES PENSÉES

Je m'appelle Alex. Ma mère est décédée quand j'avais 11 ans. À ce moment-là, ma vie a été complètement chamboulée.

Mon père a décidé de quitter le sud de la France et on s'est installés à Paris. Je suis arrivé dans un collège où je ne connaissais personne, je n'ai pas réussi à m'y faire des amis.

J'ai donc décidé de passer mes journées à faire trois choses :

- [x] ALLER EN COURS
- [x] REGARDER LA TÉLÉ
- [x] MANGER UN TRUC TOUTES LES DIX MINUTES

Bien sûr, j'ai appris pas mal de trucs à l'école, comme lire, écrire, compter, et… lire, écrire, compter… et c'est tout !

En plus, grignoter tout au long de la journée m'a fait prendre du poids, au point qu'il a triplé en seulement un an.
Sans surprise, tu me diras !

Mais, grâce à la télévision, je suis devenu un grand fan d'art et surtout de l'industrie du cinéma.
Je rêvais de devenir un jour… réalisateur !

Personne n'a cru en moi à l'époque. Moi non plus je ne croyais plus en moi-même.
Je ne savais plus ce que je voulais dans la vie ni ce que je voulais faire une fois adulte. J'étais obsédé par les opinions des autres. J'attendais leur validation pour à peu près tout dans ma vie. J'avais peur de m'exprimer ou de dire honnêtement ce que je pensais.

Mais, un jour, en revenant de l'école, j'ai vu Magy. On a pris le même bus, on est descendus au même arrêt, on est entrés dans le même immeuble, celui où on vivait. Magy était ma nouvelle voisine.

Le truc génial à propos de Magy, c'est qu'elle n'avait pas d'amis non plus. On a donc décidé de devenir copains. Des vrais copains. Depuis, Magy est ma meilleure pote. Mais avoir Magy en tant qu'amie à l'époque n'a pas résolu mes problèmes ! À part le fait d'avoir quelqu'un avec qui je pouvais partager mes malheurs et désespoirs.
Après tout, c'était ce qu'on avait en commun avec Magy.
Elle aussi avait une vie pas assez cool (mais je la laisserai raconter son histoire toute seule dans les prochaines pages. Car je suis un bon ami et un bon ami doit savoir garder les secrets).

Vingt ans plus tard, ma vie a complètement changé.

J'ai grandi et j'ai énormément évolué. J'ai réalisé beaucoup de mes rêves et, pour être honnête, j'en ai laissé tomber certains aussi : pas parce que je manquais de motivation, plutôt parce que je me suis rendu compte que ces rêves n'étaient pas les miens, mais ceux des gens autour de moi.

Je suis devenu beaucoup plus conscient et j'ai vécu des expériences vraiment dingues.

Je suis devenu réalisateur, mais pas à Hollywood : je suis réalisateur de mes propres films courts que je diffuse sur ma chaîne YouTube, qui me permet de partager ma passion avec le public. Cette chaîne a dépassé les 5 millions d'abonnés, tu te rends compte ? Pincez-moi, je rêve !

Et pour ma nouvelle série de vidéos, je vais partir autour du monde dans quelques semaines. Un autre rêve à vivre, tu vois ?

J'ai également fondé une start-up qui a pour mission d'influencer positivement la vie des autres… en vendant des chaussures.

Comment ?

Lors d'un voyage au Mali, je fus triste de voir qu'autant d'enfants passaient leur vie pieds nus. Ils étaient trop pauvres pour acheter des chaussures. Certains avaient des coupures énormes aux pieds.

Quand je suis rentré chez moi ce jour-là, je ne pouvais pas m'arrêter de penser aux enfants que j'avais vus. Je voulais faire quelque chose pour les aider. C'est alors que j'ai décidé de créer une entreprise de fabrication de chaussures. Je l'ai appelée **« Happy Feet »**, très original comme nom, n'est-ce pas ?

Pour chaque paire vendue, une paire est offerte à un enfant dans le besoin. J'en ai vendu beaucoup et, lors de mon retour au Mali, j'avais des milliers de paires à donner ! Ce fut l'un des meilleurs moments de ma vie. Tu dois sûrement penser : *« Mais ce gars a vraiment une vie géniale ! »* Eh bien, je peux te confirmer ça : je suis heureux. Chaque jour, je me réveille avec le cœur plein de gratitude pour la vie extraordinaire que je mène.

Attends… Attends !!
Mais comment tu as fait pour changer ta vie ?

Bonne question !

Mais avant de répondre, je voudrais partager avec toi trois pensées toxiques qui ont empoisonné ma vie pendant des années :

Comment trouves-tu ces pensées ? Est-ce que certaines dictent ta vie également ?

Que dirais-tu si je te présentais une toute nouvelle perspective, qui non seulement te ferait te sentir mieux, mais transformerait complètement ta vie, pour toujours ?

TICKET
CE QUE
TU PENSES
EST CE QUE
TU DEVIENS !

Il existe plein de manières d'obtenir les choses que l'on veut dans notre vie, mais au fond, cela commence avec la manière dont tu choisis de penser.
« Ce que tu penses, tu deviendras » : six petits mots qui sont sans doute les plus importants à connaître et maîtriser dans nos vies.
Ce vieux proverbe explique que tes pensées quotidiennes dictent la personne que tu deviens...

Sachant que ce sont tes pensées qui déterminent ta personne, commence à faire très attention à ce que tu penses. N'autorise plus tes pensées à se concentrer sur quelque chose que tu ne souhaites pas, ou que tu ne voudrais pas manifester ou voir arriver dans ta vie.

Albert Einstein a observé que la question majeure et fondamentale à se poser est : *« Est-ce que je vis dans un monde sain ou hostile ? »*
Lequel des deux ?
S'agit-il d'un monde rempli d'hostilité, de colère, de manque de chance et de personnes qui cherchent simplement à te détester ou te faire du mal... ? Est-ce que c'est ce que tu vois ?

Parce que quand tu regardes le monde de cette manière, c'est exactement l'environnement que tu crées pour toi dans ta vie.

Et maintenant, je voudrais que tu imagines ces scènes un peu confidentielles de moi quand j'avais ton âge...

M***E !
JE VAIS SÛREMENT RATER LE BUS
ET ARRIVER EN RETARD !
P****N !
JE LE SAVAIS !
CE PROF EST JUSTE HORRIBLE,
SES INTERROS VONT VRAIMENT
ÊTRE DIFFICILES !
BUS
8/20

JE SAIS QU'ELLE NE VA MÊME PAS ME REGARDER, ELLE N'EST ENTOURÉE QUE PAR DES BEAUX MECS ! POURQUOI EST-CE QU'ELLE ME DONNERAIT UNE CHANCE ?
QU'EST-CE QUE TU FAIS CET APRÈS-MIDI ? EST-CE QUE TU VEUX ALLER AU CINÉMA ?
EUUUUUH,
DÉSOLÉE,
MAIS LA COUSINE
DE LA VOISINE
DE L'INFIRMIÈRE
DE MA GRAND-MÈRE
VIENT NOUS VOIR CET APRÈS-MIDI.
DONC JE DOIS RESTER À LA MAISON.

« Quand tu changes
ta vision des choses,
les choses que tu vois
changent. »

WAYNE DYER

Et si l'ancien moi avait changé ses pensées ? Qu'aurait-il bien pu se passer ?

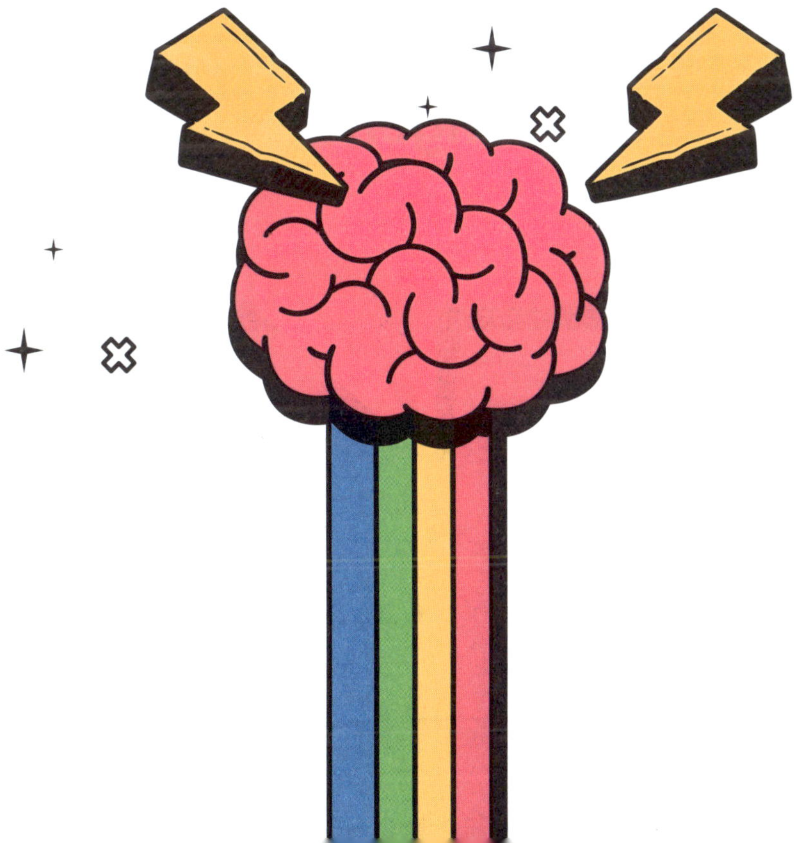

JE VAIS ATTRAPER CE BUS ! JE DOIS JUSTE ME DÉPÊCHER. JE L'AI DÉJÀ EU, MÊME QUAND JE SUIS PARTI EN RETARD.
BUS
SUPER ! LA PROCHAINE FOIS, J'AURAI JUSTE À PRÉVOIR UN PEU PLUS DE TEMPS POUR ÊTRE PLUS ZEN.
PERSONNELLEMENT, CRITIQUER LE PROF NE M'INTÉRESSE PAS ! JE FERAI DE MON MIEUX POUR ME PRÉPARER POUR L'INTERRO, ET ON VERRA BIEN. ÇA, C'EST CE QUE JE PEUX CONTRÔLER.
MAIS SI L'INTERRO EST TROP DIFFICILE, C'EST HORS DE MON CONTRÔLE, ALORS POURQUOI JE STRESSERAIS PAR RAPPORT À ÇA ?
12/20

ELLE A L'AIR SYMPA.
JE VAIS ALLER LUI PARLER.
QU'EST-CE QUE TU FAIS CET APRÈS-MIDI ? EST-CE QUE TU VEUX ALLER AU CINÉMA ?
EUUUUUH,
DÉSOLÉE,
MAIS LA COUSINE
DE LA VOISINE
DE L'INFIRMIÈRE
DE MA GRAND-MÈRE
VIENT NOUS VOIR CET APRÈS-MIDI.
DONC JE DOIS RESTER À LA MAISON.
JE DOIS ÊTRE HONNÊTE SUR CE SUJET. PENSER DE MANIÈRE POSITIVE NE GARANTIT PAS À 100 % LE RÉSULTAT QUE TU ESPÈRES, ÇA SERA SÛREMENT LE CAS 97 % DU TEMPS. MAIS AU MOINS, TU ES SÛR·E QUE QUOI QU'IL SE PASSE, ÇA NE SE SERA PAS DU FAIT DE TES PENSÉES NÉGATIVES ! C'EST CE QUI ARRIVE 99 % DU TEMPS, SI TU N'ES PAS CONSCIENT·E DU POUVOIR DE TES PENSÉES.

Maintenant, j'ai une question :

Qui t'a appris comment penser ?

A : ***Tes parents ou ta grand-mère.***

B : ***L'école.***

C : ***La société ou les « mèmes » sur les réseaux sociaux.***

D : ***Personne.***

À l'école, tu as des cours qui t'apprennent certaines choses comme lire, écrire, la Seconde Guerre mondiale, les nombres réels, les lois de Newton ou comment demander où sont les toilettes lors de ton prochain voyage à Londres !

Et même si penser t'a aidé·e à obtenir les réponses pour chacune de ces choses, tu n'as jamais eu de cours de pensées.
Personne ne s'est jamais assis auprès de toi pour t'expliquer : « Tiens, voici comment tu dois penser pour avoir une vie extraordinaire. »

En tout cas, ça n'est jamais arrivé dans mon école, mon collège ou mon lycée.

Donc, si personne ne t'a vraiment appris à penser... d'où vient ta manière de penser ? T'es-tu déjà demandé pourquoi tu as parfois ces pensées négatives à propos de toi ?

À vrai dire, la plupart de nos croyances sont acquises du monde autour de nous : les gens avec qui nous passons du temps, les livres qu'on lit, les films qu'on regarde, les jeux auxquels on joue, la musique qu'on écoute, etc.

Les messages que tu reçois constamment de l'extérieur se transforment en connexions dans ton cerveau et deviennent tes propres croyances.

Au fait, on dit que notre pensée est fortement influencée par les personnes et choses avec lesquelles ou autour desquelles nous passons le plus de temps.

D'après le conférencier Jim Rohn : ***« Tu es la moyenne des 5 personnes avec lesquelles tu passes le plus de temps. »*** Ces personnes avec lesquelles tu es le plus souvent vont définir qui tu es. Elles vont déterminer quelles conversations dominent ton attention.

C'est pourquoi je veux que tu écrives la liste des personnes avec lesquelles tu passes le plus de temps, ainsi que les choses que tu fais le plus pendant ton temps libre (jouer à des jeux, regarder les réseaux sociaux, écouter de la musique).

Indique si ces messages et énergies que tu reçois de ces personnes et choses sont négatives (peur, plainte, jalousie, ragots, jugements) ou positives (amour, encouragement, acceptation, fun) et à quel degré.

Ce que je te conseille :

*CRÉE UNE PLAYLIST DE MUSIQUES ET FILMS À REGARDER QUI TE RENDENT HEUREUX·SE ET TE GARDENT MOTIVÉ·E.

*SUR LES RÉSEAUX SOCIAUX, DÉSACTIVE LES NOTIFICATIONS OU DÉSABONNE-TOI DES PAGES QUI TE PRENNENT TOUTE TON ÉNERGIE, C'EST RAPIDE ET FACILE À FAIRE !

*CONCERNANT LES PERSONNES QUI T'ENTOURENT, JE SAIS QU'ON NE PEUT PAS TOUJOURS ÉVITER CELLES QUI SE PLAIGNENT OU QUI NOUS TIRENT VERS LE BAS, SPÉCIALEMENT QUAND IL S'AGIT DE MEMBRES DE NOTRE FAMILLE OU DE CAMARADES DE L'ÉCOLE.

CEPENDANT, ON PEUT ESSAYER DE S'ENTOURER DE PERSONNES QUI NOUS OFFRENT DU SOUTIEN, NOUS TIRENT VERS LE HAUT, ET FAIRE UN EFFORT CONSCIENT POUR ÊTRE AVEC ELLES PLUS SOUVENT.

CONCENTRE-TOI SUR LE POSITIF
et sur les gens QUI TE FONT TE SENTIR BIEN.

TICKET

AIE UN ESPRIT OUVERT À TOUT.

Un des principes importants de ma vie aujourd'hui est que personne n'en sait assez pour être pessimiste à propos de quoi que ce soit.

Quand nous fermons notre esprit à ce qui est possible pour nous et pour l'humanité, nous enfermons un peu plus le génie qui réside en chacun·e de nous.

Avoir l'esprit ouvert ne signifie pas nécessairement pointer du doigt tout ce que l'on t'a appris, mais cela implique de s'ouvrir à l'éventualité et à la possibilité que **TOUT ET ABSOLUMENT TOUT EST POSSIBLE**, et que **RIEN AU MONDE N'A LE POUVOIR DE TE PROVOQUER.**

Sais-tu que la plupart des personnes que je rencontre passent leur vie à chercher une occasion d'être offensées ?

En fait, ces gens espèrent trouver une raison d'être offusqués. Et il existe une foule de raisons. On en trouve partout : la manière dont cette personne est habillée, ce que celle-ci a dit, quelqu'un qui a parlé d'une manière qui ne leur a pas plu, une autre personne qui a d'autres coutumes... Lequel verser en premier dans le bol, le lait ou les céréales ? *(Je te promets, j'ai vu quelques disputes assez intenses à cause de ça ! Tu imagines ?)*

En fait, si tu y prêtes attention demain, tu trouveras probablement une centaine de raisons qui pourraient t'offenser. Mais un esprit ouvert à tout est un esprit qui dit : « Je ne cherche jamais quelque chose qui pourrait m'offusquer ou me blesser, et peu importe ce que les gens autour de moi diront, ma réponse sera : "C'est un point de vue intéressant", "je n'avais jamais considéré cela avant". »

Connais-tu la différence entre un optimiste et un pessimiste ?

Optimiste : le verre est à moitié plein.	***Pessimiste :*** le verre est à moitié vide.
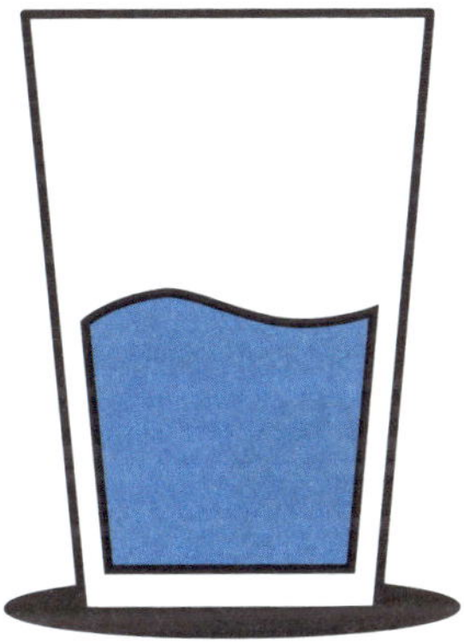	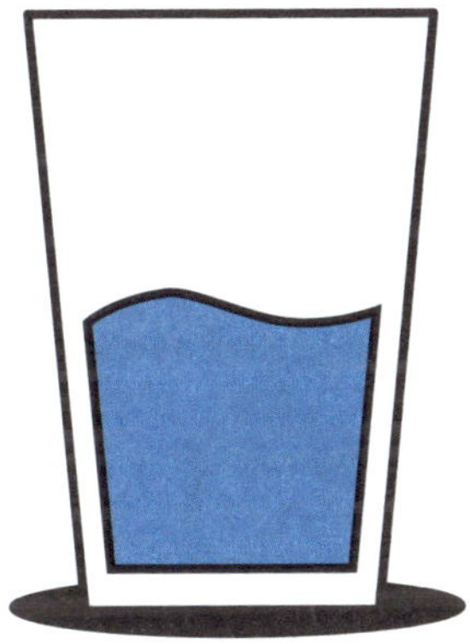

Peux-tu penser à un problème que tu as eu récemment ?
Comment as-tu réagi à ce problème ?
As-tu été optimiste ou pessimiste à ce propos ?
Est-ce que tu t'es concentré sur la recherche de solutions pour résoudre le problème ?
Ou bien plutôt sur la recherche des problèmes dans chaque solution ?

ET L'OPINION DES AUTRES ?

Un des plus grands changements dans ma vie est arrivé quand **j'ai commencé à changer mon mode de pensée**, fondé sur les apparences et sur les opinions des autres à propos de moi.

Car à chaque fois que tu es énervé à propos de quelque chose que quelqu'un a dit, cela revient à accorder une plus grande importance à ce que cette personne pense de toi qu'à ce que tu penses toi-même de toi.

Est-ce que tu te dis que parce que des amis, des professeurs, ou certains membres de ta famille ne t'aiment pas, cela signifie que quelque chose cloche chez toi ?
Voilà ce que tu dois apprendre : l'opinion d'autrui n'est rien d'autre que cela – une opinion. Et c'est tout.

À chaque fois que tu es énervé·e à cause de ce que quelqu'un (y compris un proche) a dit sur toi, cela veut dire qu'à ce moment précis – et c'est très important – tu te dis : « Ce que tu penses de moi est plus important que ce que je pense de moi-même. » Or, tu ne dois jamais donner à personne ce genre de pouvoir et de contrôle sur toi car, après, ils l'auront pour toujours.

Pour être honnête, je suis aussi ici pour te dire que j'aime avoir l'approbation des gens. J'apprécie ça, même.
Dans un sens, c'est une des choses les plus excitantes.

J'aime quand les gens aiment mes vidéos ou achètent mes chaussures.
J'adore quand des abonnés laissent des commentaires encourageants sur mes vidéos YouTube.
J'aime quand des gens me disent des choses positives et sympas.

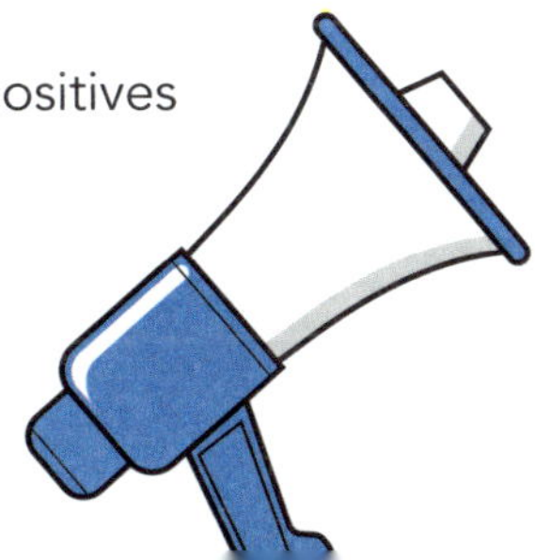

J'aime avoir l'approbation et l'appréciation des autres, et je suis le premier à l'assumer. Mais le fait est que **je n'ai pas BESOIN d'approbation.**
Il existe une grande différence entre aimer l'approbation et avoir besoin d'approbation.

Quand tu as besoin d'approbation, cela veut dire que tu te braques si tu ne l'obtiens pas.

On peut me rétorquer : « Oui, mais je veux prouver quelque chose, j'en ai besoin et si je n'ai pas cette approbation… et blablabla… »
Comprends bien cela : ***LES GENS QUI REÇOIVENT LE PLUS D'APPROBATION DANS LA VIE SONT CEUX QUI S'EN FICHENT LE PLUS. ET CEUX QUI REÇOIVENT LE MOINS D'APPROBATION DANS LA VIE SONT CEUX QUI PASSENT LEUR TEMPS À EN CHERCHER.*** *(Merci Dr Wayne Dyer de m'avoir appris ça.)*

Donc, si tu souhaites un jour recevoir l'approbation d'autrui, arrête d'en avoir besoin. Arrête de t'en préoccuper.
Demande-toi : **« Qu'est-ce qui rapporte le plus d'approbation et de validation dans la vie ? »**
Pense à la personne que tu connais qui en reçoit le plus et tu verras qu'elle ne se soucie pas le moins du monde de ce que les autres pensent d'elle.
Cette personne est tellement occupée à être elle-même qu'elle n'a même pas le temps de remarquer ce que pense le voisin.

(Discours d'introduction de Steve Jobs
à l'université Stanford en 2005)

MERCI, STEVE JOBS.

ET LE SUCCÈS DANS TOUT ÇA ?

« Si quelqu'un avance
de manière confiante
en direction de ses rêves
et s'efforce de vivre la vie
qu'il a imaginée,
il jouira d'une réussite
hors du commun
dans les quelques heures
qui suivent. »

HENRY DAVID THOREAU

Ce que cela signifie est que le succès n'est pas quelque chose que l'on obtient dans la vie. Le succès est un processus intérieur, le succès est quelque chose que l'on apporte à tout ce que l'on fait dans notre vie.

Nous avons tous une définition personnelle du succès, qui reflète nos chemins et nos objectifs individuels.

Décide de ta définition dès que possible, pour que tu puisses établir ce que tu souhaites, et non pas ce que tes parents, tes amis ou la société veulent que tu accomplisses.
Le succès peut être défini de multiples manières. Ce n'est pas nécessairement la célébrité ou la richesse. Cela n'a pas non plus besoin d'être matériel.
Le succès peut être défini par la **GÉNÉROSITÉ** et la **SOLIDARITÉ** envers les autres.
Cela peut être le fait de **CRÉER** quelque chose de nouveau.
Mais ce qui est le plus important à propos du succès, c'est ce que tu en fais.
Donc, redéfinis le succès comme **POUVOIR PERSONNEL** – celui de faire ce que tu veux, **SELON TES PROPRES TERMES.**

> « LE SUCCÈS EST QUELQUE CHOSE QUE VOUS APPORTEZ À TOUT CE QUE VOUS FAITES DANS VOTRE VIE. »
>
> WAYNE DYER

Quelle est TA définition du succès ?

**Un petit rappel :
ne cours pas après la définition
du SUCCÈS de quelqu'un d'autre.**

Maintenant, **je pense que tu as tout ce dont tu as besoin pour vivre une vie extraordinaire.**

Je vais devoir te laisser là pour que mon amie Magy puisse t'accompagner dans les pages suivantes avec ses secrets et conseils révolutionnaires.

Prends soin de toi et souviens-toi toujours :

TON ESPRIT
EST PUISSANT !
QUAND TU
LE REMPLIRAS
DE PENSÉES POSITIVES,
TA VIE COMMENCERA
À CHANGER.

LOVE

Salut ! Moi c'est Magy. C'est à mon tour de te donner dans les prochaines pages les meilleurs trucs et astuces que j'ai découverts ces dernières années.

On dit que tous les rêves ont un prix. J'ai longtemps pensé que mes rêves étaient trop chers et que je ne serais jamais capable de les réaliser. C'est pourquoi je n'en ai suivi aucun. Jusqu'au jour où j'ai découvert qu'en fait mon portefeuille était plein et que je pouvais m'offrir n'importe lequel.

Et depuis, comme par magie, j'ai réussi à concrétiser tous mes rêves, même les plus fous !
Mon entourage pensait que j'avais peut-être une bonne étoile, ou que j'avais trouvé la lampe magique d'Aladdin, capable d'exaucer tous mes vœux, sans limites.

Mais, j'ai mes secrets ! Des secrets que j'ai décidé de partager avec toi, ici...
Des secrets qui ont littéralement changé ma vie, et qui certainement changeront la tienne aussi.

Comme te l'a dit mon meilleur ami Alex avant moi, nous nous sommes rencontrés quand j'ai emménagé avec ma famille dans son immeuble. À cette époque, j'étais une ado, comme lui.
« C'est génial », tu dois penser ! Mais non, ce n'était pas si cool que ça pour moi. J'étais dans la pire période de ma vie à ce moment-là.

J'étais anorexique. Tout le monde me harcelait dans mon ancienne école, c'est pourquoi j'ai changé d'établissement si souvent que je n'arrivais pas à me faire des amis facilement.
Je n'avais pas d'amis. Vraiment personne. Et laisse-moi te dire que c'était vraiment nul !
J'étais totalement désordonnée, à tel point que je ne pouvais pas trouver une paire de chaussettes dans ma chambre. Oui, je pense que tu peux l'imaginer ; ça, pour le coup, ce n'était pas un si gros problème.
J'étais aussi un vrai cancre. Pour être honnête, je n'étais vraiment pas intéressée par les cours et j'arrivais à peine à avoir la moyenne aux examens.

Mon plus grand rêve était de devenir maquilleuse professionnelle. J'ai toujours aimé le maquillage, depuis mes trois ans quand je piquais en secret le rouge à lèvres de ma mère et que j'en mettais sur mes sourcils. Tu me diras, il y avait de l'idée ! N'est-ce pas ?

« Mais qui suis-je pour que ce rêve devienne réalité ? » C'est ce que je me disais à l'époque. Je n'avais aucune estime de moi, ni de mon corps. Et en cours, j'étais toujours la dernière de la classe.

Jusqu'au jour où j'ai découvert des secrets INCROYABLES.

Trop bien ! Balance tes secrets, alors.

À vos ordres, les amis !

Mais laissez-moi d'abord vous montrer à quoi ressemble ma vie aujourd'hui...

J'ai réalisé quatre de mes rêves les plus fous, les voici :

- [x] J'AI EU MON BAC AVEC MENTION ET J'AI ÉTÉ ACCEPTÉE DANS L'UNE DES UNIVERSITÉS D'ART LES PLUS PRESTIGIEUSES D'ITALIE.
- [x] J'AI GUÉRI DE MON ANOREXIE ET J'AI RECOUVRÉ LA SANTÉ.
- [x] JE SUIS DEVENUE UNE MAQUILLEUSE PROFESSIONNELLE CONNUE, JE SUIS MÊME EXPERTE DANS LES EFFETS VISUELS, MON NOM APPARAÎT DANS LES GÉNÉRIQUES DES PLUS GRANDS FILMS ET CLIPS DU MONDE.
- [x] J'AI RÉUSSI À M'ENTOURER DE MES MEILLEURS AMIS, LES MEILLEURS AU MONDE, MA BANDE D'INCROYABLES : ALEX, TOM ET LOLA.

La liste continue, mes rêves sont de plus en plus grands chaque jour. Je suis ambitieuse et je le sais, je ne peux pas m'arrêter de rêver, et de rêver grand.

Oui, mais, meuf ! Comment as-tu fait ?

Je vais tout te raconter… Tu es prêt·e ?

Comment puis-je vous aider ?
Combien ça coûte d'avoir ce rêve, s'il vous plaît ?
LOVE

Rêve
$
Vous voulez jeter un œil
à mon portefeuille ?

SE FIXER DES OBJECTIFS

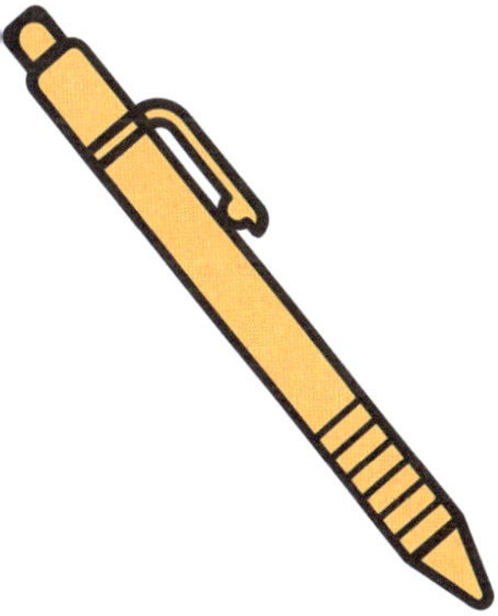

Commençons par cette triste vérité : la plupart des gens ont des rêves. Mais très peu les réalisent.

Sais-tu pourquoi ?

Parce qu'ils ne transforment pas leurs rêves en objectifs précis.

Quand tu fais de ton rêve un objectif clair, il devient une possibilité qui peut concrètement se réaliser !
C'est pourquoi je veux t'apprendre à te fixer des objectifs.
C'est simplement la première étape vers le succès.

Sérieusement, c'est simple et ça fonctionne.

Si tu ne sais pas quels sont tes objectifs, comment peux-tu savoir comment tu vas les atteindre ?

Ainsi, en te fixant des objectifs, tu prends le contrôle de ta vie et tu restes concentré·e.

Les personnes sans objectifs n'ont pas de véritable direction dans la vie. Au contraire, celles qui en ont savent exactement ce qu'elles veulent et prennent des dispositions pour les matérialiser.

Tout d'abord, **je veux que tu prennes un stylo, un cahier, et qu'on se mette au travail.**
Je veux que tu sortes tous les rêves et objectifs incroyables de ta tête et que tu les mettes sur papier.
Je veux que tu écrives toutes les choses que tu veux accomplir, achever ou expérimenter pendant les 12 prochains mois.

Maintenant, je sais que ça peut sembler bête, les personnes qui ne le font pas finissent par se plaindre et se sentir complètement perdues, au point qu'elles ont juste envie de se mettre en boule pour s'apitoyer sur leur sort.

La Dr Gail Matthews, professeure de psychologie à la Dominican University de Californie, a réalisé une étude géniale sur l'établissement d'objectifs, OK ?!

Et elle a découvert ça :

« En tant qu'êtres humains, nous sommes 42 % plus susceptibles d'atteindre nos objectifs si nous les mettons sur papier. »

GAIL MATTHEWS

Pendant que tu écris tes objectifs, tu dois penser à ce que tu souhaites dans tous les aspects de ta vie : ta famille, tes relations, tes amis, l'école, la santé, le sport, ta carrière, ton éducation, tes aventures et expériences, le développement personnel, et tous les autres domaines qui te tentent.

Maintenant, je veux que tu jettes un œil à ta liste et que tu répondes aux questions suivantes :

À quoi veux-tu que ta vie ressemble dans un an ?

____

____

Comment veux-tu occuper ton temps dans les 12 prochains mois ?

____

____

Qui veux-tu devenir ?

____

____

Ce sont des questions très importantes.
Elles ne sont pas nécessairement faciles, mais il est vital que tu y répondes.

Un point important : ne cherche pas à te changer ni te censurer. Ne t'arrête pas en te disant : *« Je ne sais pas comment je vais réussir à faire ça. »* Tout ce que je veux, c'est que tu sortes tout de ta tête et que tu mettes tout sur papier.

Au fait, écris tout au **PRÉSENT comme si tout cela était déjà en train de se passer,** pour que cela te semble accessible, et non des rêves lointains qui arriveront peut-être dans le futur.

Par exemple :

AMIS :

JE SUIS ENTOURÉE D'AMIS QUI M'AIMENT ET QUI TIENNENT À MOI. J'AI DES AMIS PROCHES QUI SONT LÀ POUR MOI ET QUI M'AIDENT DÈS QUE J'EN AI BESOIN.

JE SORS AVEC EUX DEUX FOIS PAR SEMAINE ET JE LEUR PARLE TOUS LES JOURS. ON AIME PASSER DU TEMPS ENSEMBLE, S'AMUSER ET SE SOUTENIR.

Tu sais, je fais souvent cet exercice, et je dois te l'avouer : ça fait tellement de bien ! Tu vas avoir un tel regain d'énergie quand tu feras ça que tu seras prêt·e ensuite à faire de cet objectif une réalité.

Ensuite, je veux que tu répondes à ces questions pour chaque objectif :

Quel est le prix à payer pour atteindre cet objectif ?

Quel impact aura cet objectif une fois atteint et comment cela va-t-il influencer ta vie mentalement, émotionnellement, physiquement et financièrement ?

Comment ce projet va-t-il aider les autres ?
Que ce soit ta famille, tes amis ou même la société.

Qui devras-tu devenir afin de faire de cet objectif une réalité ? En d'autres termes, quelles habitudes ou compétences, ou quels traits de caractère devras-tu développer pour donner vie à cet objectif ?

(Indice essentiel ici : tout projet ou objectif qui te dépasse, qui t'oblige à grandir, sera toujours plus gratifiant qu'un objectif peu ambitieux.)

Avant que tu ne le demandes, je te le dis : non, il n'existe pas un nombre parfait d'objectifs ou de buts à lister, parce que chacun de nous est différent et unique dans sa capacité, ses circonstances de vie et son ambition.

Mais pour moi, **« less is more »** : il n'est pas facile de trouver une traduction française efficace de ce proverbe, mais il signifie qu'il vaut mieux utiliser ton sens critique et ton intuition et réduire ta liste d'objectifs pour qu'elle soit **la plus simple** et **concise** possible.

Maintenant, à toi de jouer. Dis-moi quels sont les objectifs les plus importants pour toi, ceux que tu es déterminé·e à réaliser cette année, et pourquoi.

Maintenant que tu as transformé tes rêves en cette liste d'objectifs écrits au présent et que tu sais **POURQUOI** tu devras les concrétiser, voici une stratégie simple et prouvée par la science pour t'aider à atteindre n'importe quel objectif.
Absolument n'importe lequel.

Je veux que tu les écrives CHAQUE JOUR.

Écoute, je te connais, je sais que ça semble répétitif, certains ont sûrement écrit leurs objectifs sans les regarder ensuite tous les jours.

Mais voici ce que je fais, c'est ma propre routine : **peu importe quel est le top 3 de mes objectifs du moment, je les écris chacun au moins 21 fois, quotidiennement.**

C'est ce que j'ai fait jusqu'à ce que je voie mon nom apparaître dans le générique d'un film incroyable. J'ai écrit exactement :
« Je suis appelée pour effectuer le maquillage et les effets visuels de l'un des meilleurs films de tous les temps » 21 fois par jour, tous les jours pendant 15 mois.

Maintenant, tu peux dire ce que tu veux par rapport à ça, tu peux même dire que c'est du vaudou. Moi, je pense que c'est une question de **concentration.** Donc, si tu penses que je suis folle, ça me va. La plupart des gens le pensent. Mais une fois que j'ai commencé à faire cela tous les jours, ça m'a aidée à garder le cap sur mon objectif n° 1.

C'est génial, n'est-ce pas ?! Tu peux le faire aussi.

Donc, encore une fois, et je te promets que ça sera la dernière : si tu es vraiment sérieux·se sur le fait d'atteindre tes objectifs cette année, s'il te plaît, fais en sorte de les écrire, au présent, en sachant **POURQUOI** il est important pour toi de réaliser chacun d'entre eux.

Je t'encourage aussi à les écrire quotidiennement.

MAINTENANT passons au secret SUIVANT...

LA VISUALISATION

Dans ce monde mystérieux, si tu t'attends à réaliser tes objectifs, à atteindre ton plein potentiel, si tu t'attends à ce que tes rêves se concrétisent, ce que je m'apprête à t'expliquer est révolutionnaire.

Tu dois devenir un pro de la visualisation.

De quoi ?

De la VISUALISATION : cette compétence extraordinaire et puissante que peu de personnes connaissent.

Pourquoi ?

Parce que ton cerveau est doté d'un système dont voici le terme technique : cela s'appelle le système d'activation réticulaire (SAR).

Quoooooi ?

C'est un réseau de neurones dans ton cerveau.

Mais quel est le rôle de ce système d'activation réticulaire ?

Son rôle, c'est de filtrer.
Il s'agit en fait d'un système qui autorise l'entrée de certaines informations dans ton cerveau et qui en bloque d'autres.

Devine qui a programmé ce filtre ?
C'est toi. Et aussi les personnes de ton passé.

Donc, si tu es constamment en train de penser que personne ne t'aime, que tu n'as pas confiance en toi et que tu es un gros loser, **devine quoi ?**

Ton système d'activation réticulaire travaille tout au long de la journée. Il va détecter chaque petite preuve qui va venir confirmer cette croyance limitante que tu as à propos de toi-même.

Si tu penses que certaines personnes ne t'aiment pas à l'école, le système d'activation réticulaire, le filtre, va précisément chercher des preuves de ce que tu penses.

Mais pourquoooooi ?

Parce que ton esprit adore analyser des choses avec lesquelles tu es d'accord afin de confirmer les modalités de ton filtre. C'est ce qu'on appelle « biais de confirmation » **(cherche-le sur Google !).**

Et pourquoi a-t-on ce système d'activation réticulaire ?

Parce que si ton cerveau autorisait n'importe quelle information à rentrer dans ton système, s'il traitait toutes ces informations comme étant toutes importantes et ayant la même valeur, ta tête serait en train d'exploser et ton cerveau en train de fondre.

(As-tu déjà regardé l'entièreté d'une page Instagram, TikTok, YouTube et Facebook ?)

Donc, le système d'activation réticulaire protège ton cerveau en filtrant les informations et en autorisant uniquement celles avec lesquelles tu seras d'accord.

Voilà donc la raison scientifique pour laquelle tu dois te mettre à reprogrammer ce truc.

OK, mais comment je peux faire ça ?

Super ! Je vais t'expliquer comment utiliser la visualisation pour la reprogrammation de ton SAR : il pourra ainsi commencer à voir des possibilités, à analyser des preuves qui te montrent que tout commence à aller dans le bon sens, à déceler les coïncidences pour que tu gagnes l'élan nécessaire pour continuer en direction de tes rêves.

Et tout commence avec la visualisation.

Alors, maintenant que tu as listé tous tes objectifs (tu les as bien écrits sur papier, hein ?!), **je veux que tu les prennes un par un et que tu fasses un exercice de visualisation.**

Voici comment tu vas t'y prendre, selon la science, d'accord ?!

Si ton objectif est d'améliorer ta confiance en toi, je veux que tu visualises ce à quoi ta vie ressemblera, et comment tu te sentiras une fois que tu auras amélioré ta confiance en toi. Il existe deux choses que tu dois faire lorsque tu commences à faire de la visualisation.

Tu dois fermer les yeux, même si ça peut te sembler stupide. Je veux que tu fermes les yeux et **que tu imagines dans ton esprit une image très spécifique de ce à quoi ressemblera ta vie quand tu auras amélioré ta confiance en toi.**

Tu vas te voir en train de vivre la relation de tes rêves et de nouer de nouvelles amitiés.
Tu vas t’imaginer en train de mettre en place des limites saines pour te protéger.
LOVE
Tu vas te visualiser en train de faire ta séance à la salle de sport.
Tu vas te voir en train de prendre soin de toi.

Et quand tu commences à visualiser ces images, je veux que tu penses consciemment à toutes les émotions que tu ressentiras lorsque ton objectif sera atteint :

La clé est de combiner l'image spécifique que tu as en tête avec des émotions positives.

Donc je suis là, à l'école,
et je lève la main.
Super.
Je partage mes idées.
Et voilà, je vais avoir
une bonne note.
Et je me sens super bien !

Maintenant,
je suis à la salle de sport
et je me dépense.
Trop cool.
Je m'hydrate bien
et je mange équilibré.
Je suis si fier/fière de moi !

Je suis là,
entouré·e par des amis aimants
et qui tiennent à moi,
je leur parle tous les jours.
Génial.
On adore être ensemble,
on s'amuse bien et surtout on se soutient.
J'ai des amis vraiment proches qui sont là pour
moi et qui m'aident dès que j'en ai besoin.
Je me sens super bien !

Quand tu fais cela, voici ce qu'il se passe dans ton cerveau… C'est la partie scientifique vraiment cool : **tu entraînes ton cerveau à adopter un filtre complètement différent.**

Tu vois, ton cerveau ne connaît pas la différence entre un événement qui t'est véritablement arrivé, comme le 3/10 que tu as eu en CE2, et les événements que tu imagines avoir eu lieu.

Je vais te le répéter encore une fois : **ton cerveau ne connaît pas la différence entre le réel et l'imaginaire, c'est-à-dire entre les choses qui te sont véritablement arrivées et celles que tu crées par des images mentales, celles que tu imagines.**

Ton cerveau va te voir en train de te faire de nouveaux amis, d'aller à la salle de sport, d'être réellement heureux·se quand tu fais toutes ces choses, il va te visualiser en train de réussir tes examens, et à quel point tu seras fier/fière de toi.

Quand tu visualises comme je te l'apprends, ton cerveau emmagasine cela comme un véritable souvenir.
C'est très important : quand il code ce que tu visualises comme un souvenir réel, cela modifie ton filtre, ce fameux système d'activation réticulaire.

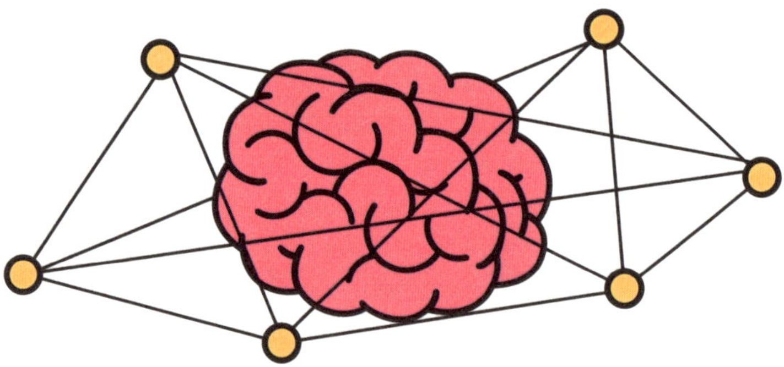

Voici les connaissances fondées sur la recherche. Plus tu t'exerces à visualiser les choses :

1. **Plus ta confiance en toi sera grande,** et plus tu te sentiras fort·e à ce sujet.

2. **Plus il te sera facile de visualiser tes objectifs.** Tu te lèves chaque matin, et tu visualises ce que tu souhaiterais avoir. Tu t'imagines en train d'avoir une super journée, en train de guérir ton anxiété, tu imagines la fierté que tu ressentiras à ce moment précis.
   Ce que les études suggèrent et ont prouvé, c'est que se visualiser simplement en train de faire certaines choses **nous aide à développer nos compétences : comme si nous étions activement en train de nous entraîner pour les améliorer.**

3. **Plus tu reprogrammeras ton cerveau en modifiant les neurones qui agissent comme un filtre, plus tu commenceras à vraiment croire en toi, et plus tu développeras tes compétences.** Et surtout, tu vas passer à l'ACTION. Au lieu de chercher mille et une raisons pour ne pas prendre la parole, tu vas juste ouvrir la bouche et commencer à parler, car tu auras changé le filtre de ton cerveau.
   Il va chercher des occasions et des preuves pour te montrer que tu as confiance en toi, que tu as toutes les capacités pour réussir et faire ce que tu souhaites, au lieu de ressasser toutes les pensées négatives qui polluent ton esprit actuellement.

Aujourd'hui, je veux que tu revoies tous les objectifs que tu t'es fixés, et que pendant les 30 prochains jours, tous les jours, tu passes 20 secondes à les visualiser.

Tes rêves méritent au moins 20 secondes par jour, tu ne penses pas ?

***Dessine ta propre BD :** le jeu « Retour vers le futur » !*

Tu vas fermer les yeux, et visualiser à quoi ressemblera ta vie lorsque tu auras atteint tes objectifs cette année. Qu'est-ce que ça fait d'avoir une bande d'amis trop cool ? Qu'est-ce que ça fait de réussir ses examens ? Comment te sens-tu maintenant que tu es en forme et en bonne santé ? Qu'est-ce que ça fait d'avoir économisé suffisamment d'argent pour faire un tour du monde ? Ça fait DU BIEN. Beaucoup de bien.

Maintenant ouvre les yeux, et dessine-toi en train de vivre dans cette réalité.

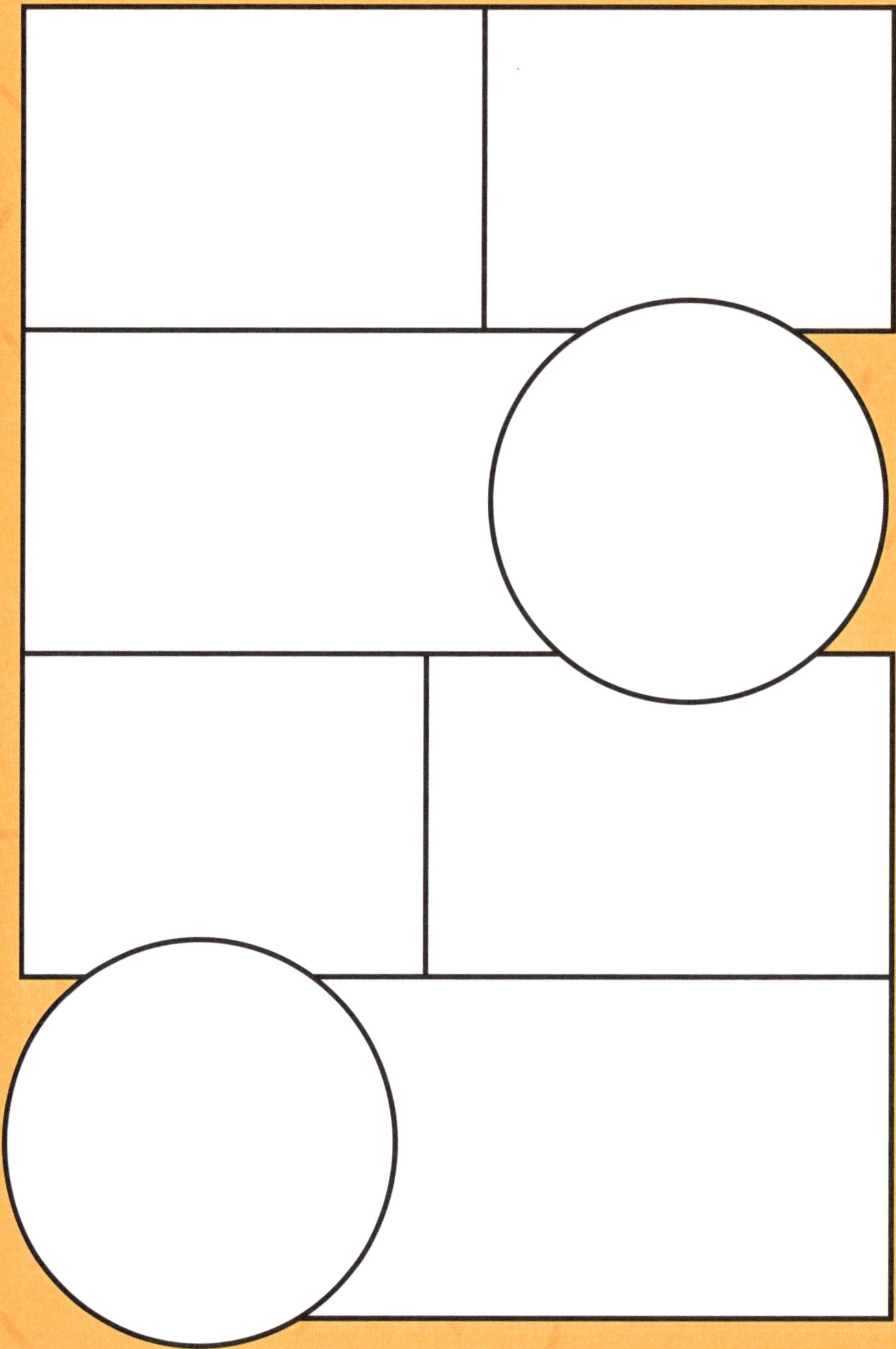

SI TU LE VISUALISES,
QUE TU EN PARLES,
QUE TU L'ÉCRIS,
ET QUE TU FAIS
LES EFFORTS NÉCESSAIRES,
TU PEUX TOUT AVOIR.

Et

LE DERNIER SECRET

est…

PLANIFIE TOUT ET PASSE À L'ACTION

Le dernier secret est le suivant : je veux que tu **PLANIFIES TES ACTIONS, QUE TU DÉFINISSES OÙ ET QUAND TU METTRAS TON PLAN EN ŒUVRE.**

La Dr Heidi Grant Halvorson, une psychologue sociale qui étudie l'établissement d'objectifs et la motivation, a découvert ceci :

« *Décider en avance*
où et quand
vous allez mettre en place
des actions spécifiques
pour atteindre vos objectifs
peut réellement doubler
ou tripler vos chances
de réussir. »

DR HEIDI GRANT HALVORSON

Tu as entendu ça ?

Tu peux doubler ou tripler tes chances d'atteindre tes objectifs ! Je ne sais pas ce que tu en penses, mais j'aime bien cette possibilité, pas toi ?

Maintenant, comme j'aime toujours le dire : tant que ce n'est pas planifié, ce n'est pas concret.

Donc je veux que tu fasses en sorte de **bloquer un créneau dans ton calendrier pour mettre en place les actions nécessaires pour atteindre tes objectifs, et aussi d'indiquer où ces actions vont prendre place.**

Prenons comme exemple un entraînement de sport, OK ?

Planifie l'horaire auquel tu vas aller faire du sport et écris également l'endroit. *Vas-tu aller à la salle ? Ou vas-tu faire un entraînement en ligne dans ton salon, ou au parc d'à côté ?* Peu importe, mais écris-le.

Disons que tu as un gros contrôle la semaine prochaine…

Décide de l'heure à laquelle tu vas réviser pour ce contrôle et de l'endroit où tu réviseras. *Vas-tu aller à la bibliothèque ? Ou vas-tu réviser à ton bureau dans ta chambre ? Ou peut-être dans le salon ?* Peu importe, mais écris-le.

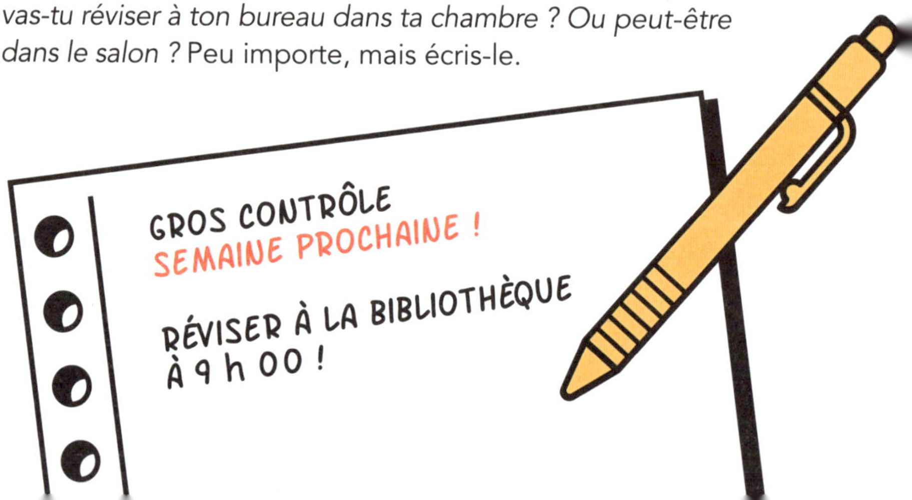

Maintenant, réfléchis à la manière dont tu pourrais **concevoir le calendrier le plus inspirant pour ta journée ou ta semaine**, pour optimiser ton temps et contribuer à créer un monde meilleur.

Je peux te dire qu'une des décisions qui a fait la plus grande différence dans ma vie en me permettant d'obtenir des résultats dont je suis fière est de planifier ma journée avec intention, en étant claire sur mes objectifs, du moment où je me lève jusqu'au moment où je vais me coucher.

Tu sais que les ordinateurs sont faits pour fonctionner tout le temps, non ?! Tu peux les allumer et les utiliser sans relâche, sans faire de pause. Tu peux continuer à les faire tourner jour après jour, car ce sont des machines !

Mais nous, les humains, nous fonctionnons différemment. Si nous ne construisons pas notre journée de la bonne manière, si nous ne prenons pas du temps pour nous reposer, faire du sport, nous hydrater, rêver, penser ou jouer, alors nous nous consumons à petit feu jusqu'à l'épuisement et cela nous prend ensuite dix fois plus de temps pour revenir à la case départ, et davantage encore pour réaliser nos rêves les plus fous.

Enfin, si tu veux vraiment optimiser tes chances de réussir, fais ceci : **demande à un·e ami·e ou une personne de confiance de te tenir responsable de tes progrès.**

Je t'explique : si tu as un rendez-vous hebdomadaire avec cette personne pour la tenir au courant de tes progrès, cela peut augmenter tes chances de réussir de 95 %. Tu te rends compte, 95 %, quoi ! C'est génial ! C'est vraiment, vraiment dingue !

Et surtout, tu n'as pas besoin de faire quelque chose de compliqué, tu sais...

Par exemple, tu peux juste planifier une date fixe avec ton ami·e, disons le mercredi, à laquelle tu lui envoies un texto avec un petit bilan de ton avancée, à 19 h par exemple.
Et voilà, c'est fait. Tu viens d'augmenter tes chances de réussite de 95 %.

Avec ça, tu as désormais trois secrets pour t'aider à atteindre tes objectifs partout, tout le temps.

Si tu veux encore de l'aide pour faire de tes rêves une réalité, **tu peux me rendre un service : peux-tu continuer à lire ce livre jusqu'à la fin ?**

Je ne te demande pas seulement de lire ce livre, mais de mettre ses conseils en pratique.

Je te promets que si tu mets vraiment en pratique ce que ce livre t'enseigne, ta vie va changer. C'est garanti. En plus, tu vas recevoir un élan d'amour, de positivité et d'apprentissage à chaque nouvelle page.

Allez, à la prochaine, reste au top et continue d'aller au bout de tes rêves, **car le monde a besoin de ce don si spécial que toi seul·e possèdes.**

Le sang de la veine
Alex, Lola, Magy
Alex
Salut les gars !
Magy
Tom, Lola ? Vous êtes où ?
Lola
J'arrive dans 5 minuuutes !
Alex
Qui voudrait continuer ensuite ?
Tom
Moi ! J'ai des secrets explosifs à leur révéler.
Alex
Magy
J'ai trop hâte.
Lola
Top Je continuerai après toi

Le sang de la veine ❤️

Alex, Lola, Magy

Alex
Donc, comment tu vas commencer, Tom ?

Tom
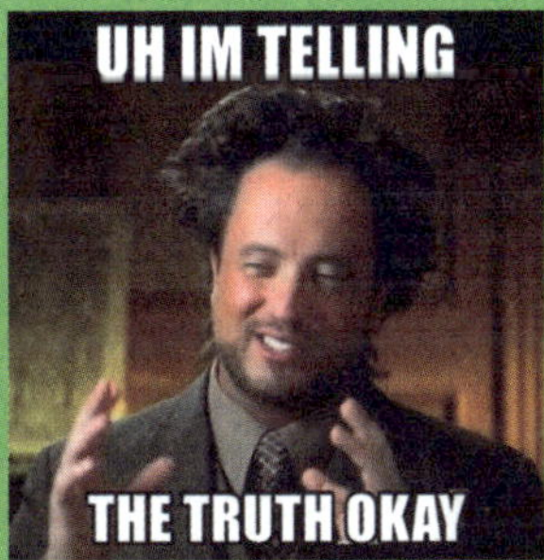

Alex
🤦‍♂️ 👊

Magy
Épique. 😂 😂 😂 😂

Lola
Ne vous inquiétez pas, les gars !
Je rattraperai le tout 😅

Tom
☺️ ❤️

Salut tout le monde !

Je m'appelle Tom, et je vais continuer là où Magy s'est arrêtée, avant d'oublier tout ce que je suis venu te dire.

Alors, tu as écrit tous tes objectifs, tu t'es visualisé·e en train de les réaliser et tu as planifié toutes les étapes à mettre en place pour atteindre ces objectifs.

Maintenant, tu dois mettre tes objectifs en ACTION. Tu dois commencer à prendre des mesures, et je suis ici pour t'aider à le faire en te confiant quelques secrets.

Mais, soyons sérieux sur une chose : même si le secret est gratuit, le travail ne l'est pas. Je peux te montrer le chemin, mais c'est à toi de l'emprunter. Je suis ici pour te guider, mais tu dois honnêtement te demander : **« EST-CE QUE JE VAIS FAIRE LE TRAVAIL NÉCESSAIRE POUR Y ARRIVER ? »** Si c'est un « oui », alors prends un papier et un crayon, car cela t'aidera à te rapprocher de la réalisation de tes objectifs et à devenir une légende !

On est d'accord ?

Alors, COMMENÇONS...

« Le potentiel humain est une des seules ressources illimitées qui existent dans ce monde. »

JIM KWIK

Tu es peut-être en train de penser : **« Oui, je veux atteindre mes objectifs, mais je n'arrive pas à commencer… »**

Je connais un peu trop bien ce sentiment. J'ai passé la plupart de mes années d'adolescent et le début de ma vingtaine tellement focalisé sur mon succès que j'étais incapable de faire quoi que ce soit de concret pour y arriver. Je voulais devenir champion de basket-ball quand j'avais quatorze ans, mais j'ai échoué. Je voulais voyager pour avoir plus de chances dans d'autres équipes, mais je n'ai pas réussi à accomplir ça non plus.

Je voulais atteindre mes objectifs, mais j'étais coincé. J'étais bloqué dans un état d'esprit figé. J'étais enfermé dans cette mentalité qui me laissait penser qu'il n'y avait pas de bon chemin pour moi. J'étais coincé dans mes propres pensées limitantes, de ce que j'étais ou non capable de faire.

Mais qu'est-ce qu'un état d'esprit figé ?

Comme Alex l'a dit plus tôt, nos pensées répétitives et nos discours internes forgent nos croyances et notre état d'esprit.

Par exemple, une personne peut penser que son intelligence, ses talents et ses capacités NE PEUVENT PAS être améliorés de manière significative. Les chercheurs appellent cela un état d'esprit FIGÉ :

Ce sentiment de blocage est vraiment pernicieux. Si tu y crois, cela va dévorer toute ta motivation. Cela va te voler tes objectifs ambitieux et les réduire en poussière.

Se sentir coincé, c'est comme imaginer une barrière insurmontable, mais ce n'est qu'une illusion ! La plupart du temps, nous racontons l'histoire d'un moment particulièrement inspirant où une personne s'est sortie de ce blocage et a commencé à atteindre ses objectifs. Cela pourrait être un super beau moment dans un scénario de film, mais la réalité ne se passe pas ainsi.

Sortir de son blocage est une **COMPÉTENCE** qu'il faut cultiver. C'est, en vérité, un moyen d'utiliser ton cerveau pour qu'il aborde le problème sous un autre angle. Tout comme un sportif peut passer d'une incapacité à courir plus d'un kilomètre à la capacité finalement de courir un marathon, tu peux atteindre ce qui te semblait impossible à un moment donné, en développant la force nécessaire.

Peu importe où tu es allé·e auparavant, tu peux toujours changer de direction.

La bonne nouvelle est que tu peux vivre la vie de tes rêves, en… **REPROGRAMMANT TON CERVEAU.**
Ton cerveau est **SUPER PUISSANT !** Tu peux le reprogrammer avec tes pensées et tes expériences, pour qu'il puisse t'aider à **VIVRE LA VIE QUE TU VEUX.**

Comment ?

Le cerveau humain a cette capacité incroyable de changer et de s'adapter, en formant et en supprimant des connexions entre ses cellules (les NEURONES).
À vrai dire, tu peux vraiment entraîner ton cerveau, le rendre plus fort et améliorer sa capacité à apprendre de nouvelles choses.

Ton cerveau est un centre de communication complexe. Il est constitué de milliards de voies qui délivrent des signaux à ton système nerveux central, qui lui-même contrôle toutes les activités dans ton corps.

C'est ce que l'on appelle des signaux neuronaux. Leur rôle est de s'allumer à chaque fois que l'on pense, que l'on ressent ou que l'on fait quelque chose. Certaines voies sont plus actives en signaux que d'autres. Il en existe qui sont chargées des fonctions de base pour nous maintenir en vie bien sûr, mais beaucoup d'autres sont formées parce que nous choisissons de faire telles ou telles choses.

Qu'il s'agisse de faire des maths, d'apprendre à jouer au football ou à conduire, les voies neuronales prennent forme pour délivrer les signaux dont nous avons besoin pour réaliser une certaine tâche.

Cela signifie que nous pouvons façonner notre cerveau, comme nous pouvons façonner notre corps. Considère-le comme un muscle mental. Si nous soumettons notre cerveau à un programme sportif qui aide à créer des voies neuronales, nous pouvons le modeler en quelque chose de vraiment incroyable. Et plus nous nous dépassons, plus les connexions se font, et plus elles deviennent fortes. C'est ce que les scientifiques appellent **LA NEUROPLASTICITÉ.**

Donc, un mode de pensée alternatif est que notre intelligence, nos talents, nos capacités PEUVENT être développés avec de l'effort, les bonnes stratégies, de l'aide extérieure, etc. Les chercheurs appellent cette manière de penser **« l'état d'esprit de croissance »,** ou en anglais le **« *growth mindset* ».**

Nous connaissons déjà la capacité incroyable du cerveau à apprendre et à changer!

Cette manière de penser est un meilleur reflet de la réalité. La croyance fondamentale d'un état d'esprit de croissance est la suivante : **TU PEUX APPRENDRE DE NOUVELLES CHOSES.**

L'idée que tu devrais avoir du talent ou l'idée d'être naturellement né·e avec la capacité de faire certaines choses est stupide. Il est vrai que certaines personnes sont plus naturellement douées, mais il est aussi vrai que cela a assez peu d'importance. Une fois que tu es persuadé·e que tu peux changer, tu auras la volonté de consacrer le temps et l'énergie nécessaires pour acquérir de nouvelles compétences.

C'est le principe du jeu – de tout le jeu. **Le but est de transformer ton potentiel en de véritables compétences.** C'est ainsi que l'on va de l'avant. C'est ainsi que l'on gagne. N'oublie jamais que les compétences ne sont pas là pour remplir une belle liste sur ton CV. Il s'agit d'être capable de faire des choses qui comptent réellement. C'est avoir le pouvoir de modeler le monde à ta manière. Et tout commence avec cette simple croyance : **tu peux apprendre de nouvelles choses.**

Alors, viens regarder et apprendre comment tout cela se construit et comment cela va te transformer en une machine de guerre.

Dans lesquels de ces domaines penses-tu avoir un état d'esprit figé ou de croissance ?

	MENTALITÉ FIGÉE	MENTALITÉ DE CROISSANCE
LA CAPACITÉ DE CONCENTRATION	☐	☐
LES AMITIÉS	☐	☐
LES RELATIONS	☐	☐
LA LECTURE	☐	☐
L'ÉCRITURE	☐	☐
LES MATHÉMATIQUES	☐	☐
LES APPRENTISSAGES SCOLAIRES DANS LEUR ENSEMBLE	☐	☐
LES PERFORMANCES SPORTIVES	☐	☐
L'IMAGE CORPORELLE ET L'APPARENCE	☐	☐
LA PERSONNALITÉ	☐	☐
LES QUALITÉS ARTISTIQUES	☐	☐

Quelles sont les compétences que tu dois acquérir pour réaliser tes rêves ?

TU CRÉES
TA PROPRE
CHANCE.

Si tu veux que les choses changent, tu dois changer la vision de **LA PERSONNE QUE TU ES.** Tu dois commencer à te raconter une nouvelle histoire. Cette histoire que tu te racontes à toi-même est à la base de **TOUT.**

Trop de personnes se font piéger en pensant qu'elles n'ont pas de pouvoir sur les circonstances. Ces personnes ne passeront jamais à l'action, car elles se voient comme des VICTIMES.

Elles pensent que toute situation est hors de leur contrôle.

Veux-tu connaître un secret ?

Ces personnes aiment que les choses soient ainsi. Car elles n'ont rien besoin de faire ensuite.

Alors, quelle est la vision que tu as de toi-même ?

Laisse-moi te dire quelque chose :
tu es ce que tu te répètes
quotidiennement.

Parce que c'est ce que tu crois.

Si tu te racontes cette histoire
suffisamment longtemps,
elle devient réelle.

Mais d'un autre côté, tu peux te raconter une tout autre histoire :

Tu dois te répéter cette histoire encore et encore… pour que, le jour où quelqu'un vient vers toi et te dit à quel point tu es stupide, tu puisses lui répondre :

« *Tu as raison*, c'est vraiment dingue. Merci de m'avoir montré ce défaut, parce que maintenant que j'en suis conscient·e, je vais pouvoir l'améliorer, car je suis en apprentissage constant. »

Une fois que tu changes ton histoire pour devenir « celui/celle qui apprend constamment », peu importe où tu commences, tu peux réaliser ce que tu souhaites, car tu sais que tu peux faire ABSOLUMENT TOUT ce que ton esprit décide, sans aucune limite.

Nous sommes constamment, inconsciemment, en train de construire la réalité de notre existence.

Comment ?

En croyant un bon nombre de choses à propos de nous.

Alors, pourquoi ne pas élaborer consciemment notre réalité ?

Si tu avais l'occasion dès maintenant, à ce moment précis, de créer une toute nouvelle réalité pour toi-même :

À quoi ressemblerait-elle ?

____

____

Quels traits le nouveau toi aurait-il ?

____

____

Comment réagirais-tu sous la pression ?

____

____

Comment te pousserais-tu à apprendre et à grandir ?

____

____

Comment te pousserais-tu à t'améliorer et devenir meilleur·e ?

____

____

Cette personne que tu imagines, elle mérite d'exister.
Essaye d'apprendre à la connaître. Prends l'habitude de penser ce qu'elle pense, de voir le monde à sa manière.

Parce qu'une fois que tu feras ça, quand tu t'immergeras profondément dans son esprit, quand tu verras les choses à sa manière, tu seras vraiment en train de devenir le futur toi.

ASTUCE N° 1

RÉPÈTE-TOI LA PHRASE SUIVANTE 21 FOIS PAR JOUR – FAIS-LE RÉELLEMENT – CAR CELA CHANGERA TA VIE POUR TOUJOURS :

« JE SUIS CAPABLE DE TOUT CE QUE JE DÉCIDE DE FAIRE SI JE DÉCIDE DE TRAVAILLER DUR ET DE CROIRE EN MOI. »

NE TOURNE PAS LE DOS AU POUVOIR QUI RÉSIDE DANS LE FAIT DE TE RÉPÉTER LES BONNES CHOSES.

Les « PLUS CHANCEUX » autour de nous sont toujours les plus préparés. La préparation est ton super-pouvoir...

ENTRAÎNE-TOI.
ENTRAÎNE-TOI.
ENTRAÎNE-TOI.

Ce secret est super important ! Il t'apprendra à persévérer pendant les défis et les périodes difficiles afin d'atteindre tes objectifs. Que tu aies du talent ou non, la seule chose qui importe est :

VAS-TU PERSÉVÉRER ?

Vas-tu t'accrocher assez longtemps pour devenir un expert ?

Les gens pensent que la raison pour laquelle ils ne réussissent pas est qu'ils sont trop stupides ou qu'ils ne sont pas assez talentueux. Mais c'est n'importe quoi.
La véritable raison est qu'ils ont abandonné – ou pire – qu'ils n'ont jamais vraiment essayé.

Je veux que tu saches à quel point j'étais paresseux avant.
Je veux que tu saches que j'avais honte tous les jours en commençant le basket. Je veux que tu saches à quel point j'ai lutté contre mon anxiété.

Parce que peu importe à quel point les chances sont contre toi, tu peux tout de même devenir qui tu veux. Tu dois seulement travailler dur pour y arriver.

Action. Concentration.
Dévouement. Échec.
Entraînement acharné.
Études. Habitudes.
Objectifs. Persévérance.
Risque. Sacrifice.

Tout arrive avant le mot
« succès ».
Dans le dictionnaire
comme dans la vie.

Ce qui tournait dans ma tête tous les jours pour me pousser à faire certaines choses :

**La confiance,
c'est décider que tu es
INÉPUISABLE.
Pas que tu ne vas
jamais ÉCHOUER.**

Si tu veux devenir bon·ne dans ce que tu souhaites, alors tu dois te battre contre toutes tes peurs, inquiétudes et échecs, et t'améliorer sans relâche. Tu vas échouer, accepte-le comme un fait. Ce n'est pas un problème. On échoue lorsque l'on a besoin de s'améliorer pour réussir.

L'être humain est fait pour **GRANDIR.** Alors, donne-toi les moyens d'y arriver. C'est aussi simple que ça.

Fais les efforts nécessaires pour t'améliorer.

Arrête de te trouver des excuses et mets-toi au boulot. Tu dois persévérer.

C'est le seul chemin vers la réussite.

**Celui qui tombe
et se relève
est bien plus fort
que celui qui n'est
jamais tombé.**

Mais pourquoi tombons-nous ?

Pour que nous puissions nous relever.

C'est dans la nature humaine de tomber, mais aussi de se relever. C'est par ce processus que nous grandissons, nous devenons plus fort·e·s, nous apprenons à nous adapter et à avancer.

Cela s'applique à un individu, à une famille, une équipe, une ville, un pays, au monde entier.

Je te souhaite toute la force qu'il te faut pour te tenir debout, aujourd'hui et chaque jour.

Bien sûr que nous allons faire des erreurs mais, la pire serait de ne même pas essayer.

Quel que soit leur âge, beaucoup de personnes sont paralysées par l'idée de faire des erreurs.
Les erreurs sont des preuves que nous essayons. Quand nous apprenons de celles-ci, elles ont le pouvoir de nous transformer en une meilleure personne que celle que nous étions auparavant.

Souviens-toi aussi : tu n'es pas défini·e par tes erreurs.
Quand tu fais une erreur, garde en tête que cela ne signifie rien par rapport à la personne que tu es. Beaucoup de gens font l'erreur de croire que l'erreur reflète leur valeur. Personne n'est parfait, et c'est très bien ainsi.

Tu fais des erreurs, mais les erreurs ne te définissent pas. Elles sont là pour te guider, pas pour te caractériser. Place-les sous tes pieds et utilise-les comme des tremplins pour t'amener au niveau suivant.

Tout le monde fait des erreurs. Ce n'est pas la manière de les faire, mais plutôt la manière dont nous les gérons qui nous définit. Tu n'as pas à être fier/fière de tes erreurs, mais tu peux être fier/fière qu'elles t'aient fait grandir et qu'elles aient fait de toi une meilleure personne aujourd'hui.

Qu'en penses-tu ?

Nous ne sommes pas tous performants dans tous les domaines. Et alors ? Tu t'améliores en pratiquant, pas en paniquant.

CONSIDÈRE
CHAQUE DIFFICULTÉ
COMME UNE OCCASION
DE GRANDIR ET
DE T'AMÉLIORER.

ASTUCE N° 2

APPRENDS QUELQUE CHOSE DE NOUVEAU CHAQUE JOUR. CELA CHANGERA TA VIE.
TU AS BESOIN D'APPRENDRE DE NOUVELLES CHOSES POUR GÉNÉRER DE NOUVELLES IDÉES.

« "IDÉES ENTRANTES = IDÉES SORTANTES" EST L'ÉQUATION MATHÉMATIQUE LA PLUS IMPORTANTE POUR RÉUSSIR. »

TOM BILYEU

Tu peux littéralement CHANGER LE MONDE, mais tu dois avoir l'envie de te changer d'abord.

Voici ma liste de choses que tu devras abandonner afin d'atteindre ton plein potentiel :

Et souviens-toi toujours :

« VOUS VOUS SENTEZ
SOUVENT FATIGUÉ·E,
NON PAS PARCE QUE VOUS EN AVEZ
TROP FAIT, MAIS PARCE QUE VOUS
AVEZ FAIT TROP PEU
DE CE QUI CRÉE UNE ÉTINCELLE
EN VOUS. »

ALEXANDER DEN HEIJER

**TU PEUX TOUT APPRENDRE. TRAVAILLE DUR.
FAIS BEAUCOUP D'ERREURS ET APPRENDS D'ELLES
POUR T'AMÉLIORER.**

Je te souhaite le meilleur !

Lolaaaaaaaaaa !!!!!

Je suis là !

Salut, moi, c'est Lola, et je suis ici pour te parler de quelques idées qui m'accompagnent jour après jour et qui font que je me sens **AU TOP TOUS LES JOURS.**

Tu dois sûrement penser que j'ai toujours été comme ça. Mais laisse-moi te dire que ce n'était pas le cas quand j'avais ton âge.
Quand on parle d'anxiété, de stress, de dépression, de jalousie, de manque d'estime de soi… Oh la la !
Je connais bien tout ça, car c'était mon quotidien à l'époque.

Mais comment tu as fait pour en sortir ?

Eh bien, j'ai quelques secrets à te révéler :

Mais par où devrais-je commencer ?
Commençons par…

QUI SUIS-JE ?

J'ai une question à te poser et je veux que tu répondes sincèrement : **qui penses-tu être vraiment ? Est-ce que tu t'accroches à certaines idées à propos de qui tu es ?**

Lorsque tu t'accroches à ces vieilles idées à propos de la personne que tu penses être, tu continues à donner de L'ÉNERGIE à ces idées. Tu les nourris. Tu réaffirmes leur existence dans ta vie. Tu continues de croire que tu es véritablement ce que tu dis.

Peu importe comment tu te définis. Peu importe l'étiquette que tu portes, c'est ainsi que tu te connaîtras et que tu te définiras. Donc, fais attention à ce à quoi tu t'accroches.

J'ai eu l'étiquette de la personne folle et parano, anxieuse et bête pendant dix ans.

J'alimentais des pensées qui reflétaient cette étiquette que j'avais. Je m'imaginais des scénarios qui reflétaient ce à quoi je m'accrochais. Je suis devenue ce que je me disais que j'étais. C'était vraiment bizarre. Jusqu'au moment où je me suis rendu compte que je créais cette réalité-là. Encore et toujours. Tous les jours. À chaque instant. Je consacrais toute mon énergie à cette réalité. Je n'autorisais pas l'existence d'une autre réalité.

Donc, au fil du temps, je suis devenue plus consciente de cela, et ces étiquettes ont commencé à disparaître. Certaines plus rapidement que d'autres. Je travaille encore sur plusieurs. Même les bonnes étiquettes, je les ai vues se dissiper. J'ai compris qu'aucune d'entre elles ne me représentait. Ce n'étaient que des idées que j'avais eues momentanément.

C'est normal de se libérer de tout ça. C'est normal de ne pas savoir. Ça peut être terrifiant de laisser tomber tout ce que l'on connaît. Mais c'est normal. **Tu dois continuer d'essayer, jusqu'à ce que tu ne t'accroches plus à aucune étiquette.**

NE COMPARE PAS TON PARCOURS AVEC CELUI DES AUTRES. TU N'EN VOIS QU'UNE INFIME PARTIE.

Ne tombe pas dans le piège de comparer ton parcours avec celui des autres. Tu ne vois qu'une infime partie de la vie de quelqu'un d'autre. Et nous n'avons vraiment aucune idée de ce que quelqu'un a pu vivre, de ce que cette personne vit encore maintenant, ou de ce qui l'attend dans le futur. Nous ne voyons que par un trou de serrure.

Nous avons tous notre propre parcours, beau et unique. C'est ce qui fait que la vie est si belle et riche. Nous sommes tous reliés, mais tous uniques.

Nous avons tous emprunté des chemins différents. Aucun de ces chemins n'est pareil.

Alors, comment pouvons-nous juger quelqu'un dont on ne connaît presque rien ? D'ailleurs, comment peut-on juger tout court ?

Je sais qu'il est plus facile de parler de la vie de quelqu'un d'autre que de vivre la sienne, mais qu'y a-t-il de bon là-dedans ? Je n'ai pas le temps d'être méchante et haineuse. Ça me semble être une telle perte de temps ! À chaque fois que je suis méchante envers quelqu'un, je me sens vraiment mal.

Être méchant·e ne procure pas un sentiment agréable.
Je veux plutôt utiliser mon énergie à être présente dans ma vie, à aimer, à m'amuser et à travailler sur mes objectifs et mes rêves. Je continue de me dire : **« Je ne suis pas parfaite. Chacun de nous est unique et spécial. »**

Ce qui est beau dans tout ça, c'est que nous pouvons utiliser notre propre et unique expérience pour être plus authentique. Accepter ce que la vie nous a donné. Cultiver la gratitude pour cela.

Au lieu de comparer nos parcours, nous pouvons accepter le nôtre et l'incarner, ressentir les bienfaits du moment présent et déceler les leçons cachées dans chacun de nos instants.

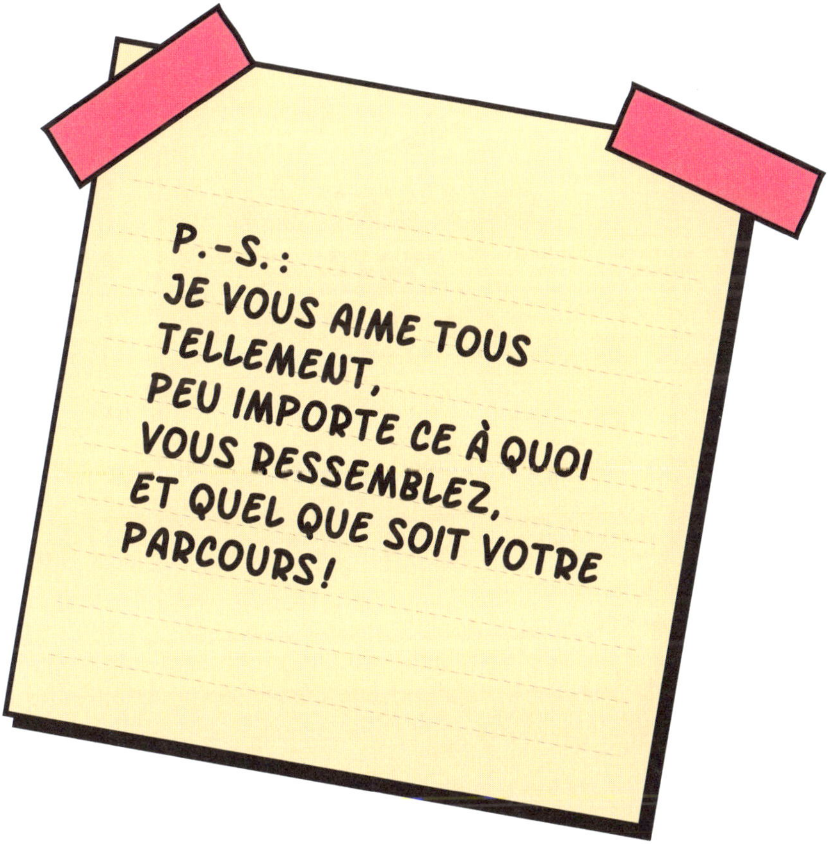

QU'EST-CE QUE L'ANXIÉTÉ ?

L'anxiété est un sentiment. Elle ne me définit pas. Tout comme la tristesse.
Ou même le bonheur.
Je ne suis définie par aucun de mes sentiments. Je suis celle qui les ressent.

Les sentiments vont et viennent, alors comment pourrais-tu être chacun d'entre eux au même moment ? Tu penses peut-être : « je suis stressé·e », « je suis triste », ou « je suis déprimé·e », mais demain ou le mois prochain, tu te diras sûrement : « je suis heureux·se », donc, comment tous ces sentiments pourraient-ils te définir ? Tous vont et viennent. Mais quelle est cette part en toi qui ne change jamais ?

LA CONSCIENCE.
Je remarque que quand je commence à ressentir quelque chose, j'essaye rapidement de définir mon sentiment et de mettre un nom dessus. Je remarque que mon esprit commence son propre dialogue intérieur. Ça donne à peu près ce genre-là :

Maintenant, quand je commence à ne pas me sentir bien, je m'autorise à ressentir ce sentiment, sans essayer de le définir et sans le juger.
Si je commence à remarquer mon dialogue intérieur, je me concentre uniquement sur ma respiration et j'essaye de rester dans cet état de conscience qui prend seulement compte de ce qu'il m'arrive. Et éventuellement, cela passe.

EST-CE QU'ON PEUT COMMENCER CE SUPER PROJET AUJOURD'HUI ?
VOYONS VOIR OÙ EST-CE QUE JE PEUX L'INTÉGRER ?
8 h : COGITER À PROPOS DE MES ERREURS PASSÉES.
9 h : PANIQUER À PROPOS DE MES FUTURES ERREURS.
10 h : REGARDER LES RÉSEAUX SOCIAUX JUSQU'À EN ÊTRE ÉNERVÉE.
14 h : RUMINER.
16 h : IMAGINER TOUS LES SCÉNARIOS CATASTROPHE POSSIBLES.
MAY
JE SUIS DÉSOLÉE, MAIS JE N'AI PAS DU TOUT LE TEMPS.

« *S'inquiéter, c'est porter le fardeau d'aujourd'hui avec la force de demain – en portant deux jours en même temps. L'inquiétude ne vide pas demain de sa peine, elle vide aujourd'hui de sa force.* »

CORRIE TEN BOOM

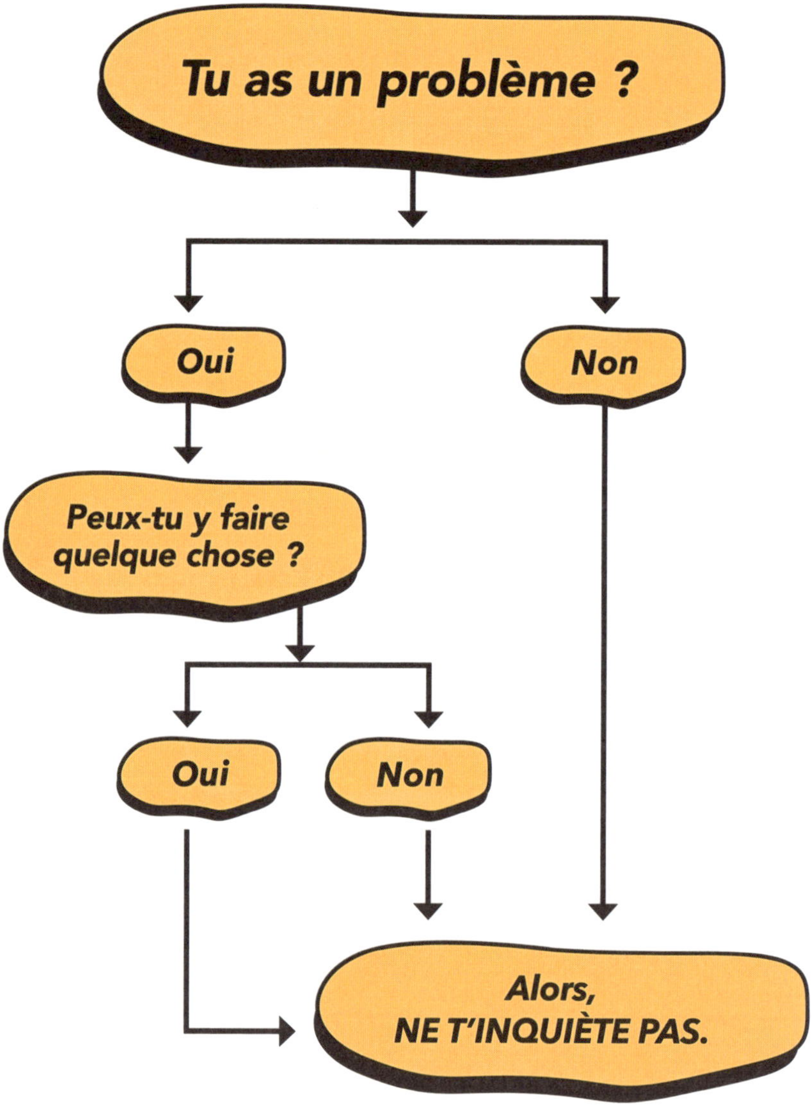
Tu as un problème ?
Oui
Non
Peux-tu y faire quelque chose ?
Oui
Non
Alors, NE T'INQUIÈTE PAS.

**Le problème
n'est pas vraiment
le problème.**

**Le problème,
c'est ton attitude
face au problème.**

Qu'en penses-tu ?

« Vous ne pouvez pas toujours contrôler les circonstances extérieures. Mais vous pouvez toujours contrôler vos circonstances intérieures. »

WAYNE DYER

Ce que je ne peux pas contrôler :

Les embouteillages

Ce que d'autres personnes postent en ligne

Ce que les autres croient

Les actions des autres

La météo

Les opinions des autres

Le planning des autres

Ce que les autres disent

Les sentiments des autres

Ce que les autres pensent

Ce que je peux contrôler :

Ce que je dis

Mes opinions

Ce que je fais

Mes pensées

Mes actions

Comment je prends soin de moi

Ce que je mange

Ce que je regarde en ligne

Mes mots

Mes limites

Avec qui je sors

Ce que je porte

QUE FAIRE QUAND ON EST COINCÉ·E DANS LE CERCLE DE SES PENSÉES ?

L'une des choses qui m'ont aidée quand j'étais coincée dans mes pensées négatives était de fermer les yeux et de continuer à me dire :

QUE FAIRE QUAND ON SE SENT FATIGUÉ·E ET DÉPASSÉ·E ?

Parfois, quand tu travailles sur quelque chose de difficile, tu as peut-être envie de tout abandonner, simplement parce que tu es fatigué·e et dépassé·e. Dans ces moments, cela peut t'aider de prendre une pause de 25 minutes et de faire autre chose. Peu importe ce qui peut t'aider, voici une liste :

* FAIS UNE SIESTE DE 20 MINUTES.
* VA TE PROMENER.
* PRENDS UNE DOUCHE OU UN BAIN.
* FAIS DU YOGA.
* JOUE À UN SPORT.
* ÉCRIS UNE LETTRE À TOI-MÊME.
* PARLE À UN·E AMI·E.
* ÉCRIS DES AFFIRMATIONS POSITIVES.
* LIS UN LIVRE.
* PRÉPARE TON REPAS FAVORI.
* MÉDITE.
* ÉCOUTE DE LA MUSIQUE.
* FAIS UNE ACTIVITÉ ARTISTIQUE.
* DANSE.
* PARLE À QUELQU'UN DE CONFIANCE.

Choisis l'une de ces activités quand tu sens que tu as besoin d'une pause. Tu verras à quel point tu es capable d'atteindre encore plus tes objectifs en prenant le temps de prendre soin de toi.

LA GRATITUDE

De quoi es-tu reconnaissant·e dans la vie ?

Une des choses qui m'ont aidée à devenir plus joyeuse et positive est la **GRATITUDE.** La gratitude peut changer ta vie, car elle te fait apprécier ce que tu as plutôt que de regretter ce que tu n'as pas. La gratitude peut changer ta vie, car c'est la source d'inspiration la plus puissante dans laquelle chacun peut puiser pour s'arrêter un moment, prêter attention à la beauté et au miracle de la vie.

Les bénéfices de pratiquer la gratitude sont presque infinis. Les personnes qui le font régulièrement en prenant le temps de réfléchir et de remarquer aux choses pour lesquelles elles sont reconnaissantes ressentent des émotions plus positives, se sentent plus vivantes, dorment mieux, expriment davantage de bienveillance et de compassion et ont même un système immunitaire plus fort.

La gratitude est la chose la plus simple que tu puisses faire pour commencer ta journée du bon pied, en te concentrant sur le positif, et en devenant plus attentif·ve.

Voici un exercice simple, guidé et structuré qui t'aidera à aller vers une version améliorée de la personne que tu es déjà.

LE MATIN :

JE SUIS RECONNAISSANT·E DE…

1. ______

2. ______

3. ______

QU'EST-CE QUI FERAIT D'AUJOURD'HUI UNE JOURNÉE GÉNIALE ?

1. ______

2. ______

3. ______

LE SOIR :

TROIS CHOSES INCROYABLES SE SONT PASSÉES AUJOURD'HUI POUR LESQUELLES JE SUIS RECONNAISSANT·E…

1. ______

2. ______

3. ______

« Ressentir
de la gratitude
et ne pas l'exprimer,
c'est comme emballer
un cadeau et
ne pas l'offrir. »

WILLIAM ARTHUR WARD

LA MÉDITATION

Je sais que le mot « méditation » est intimidant pour beaucoup de gens, mais c'est en réalité quelque chose de très simple. Pour moi, il s'agit d'identifier, en étant l'observateur, le témoin. En regardant les pensées, les sentiments, les émotions aller et venir. Prendre davantage conscience de tout ce qui nous traverse.

La méditation est une pratique ancienne qui vise, par le biais de la concentration profonde, de l'observation respiratoire, de la relaxation de la conscience, et du sommeil profond, à entraîner ton cerveau à devenir plus calme.

Il existe de nombreuses manières de méditer.
Tu peux apprendre par l'intermédiaire d'un cours ou d'un livre, mais la méthode la plus simple est l'observation respiratoire.

Respire par le nez avec la bouche fermée. Tes yeux peuvent être clos ou à moitié ouverts. Ton corps peut être dans n'importe quelle position, mais il est parfois mieux d'être assis·e, car il est très facile de tomber dans le sommeil si on s'allonge ! Fais ce qui te semble le plus confortable. Utilise un coussin posé au sol si tu en as besoin, ou assieds-toi sur une chaise avec les pieds bien à plat sur le sol.

Enfin, quand tu es prêt·e, commence à respirer. Écoute ta respiration, et laisse aller n'importe quelle pensée qui survient, pendant que tu recentres ton attention sur ta respiration. Ne suis aucune de tes pensées : porte plutôt ton attention sur tes inspirations et tes expirations.

Respire
Respire
Respire
Respire
Respire

Fais-le aussi longtemps que tu peux. Cela peut être seulement quelques minutes pour commencer, et ensuite tu pourras continuer sur de plus longues périodes.

Certaines personnes utilisent un réveil, d'autres méditent jusqu'à ce qu'elles aient envie de regarder leur montre. C'est un choix personnel. Mais essaye de le faire régulièrement. Cela demande de la pratique et c'est comme tout. Ce n'est pas grave si tu te perds dans le fil de tes pensées. Remarque juste quand c'est le cas, et reprends ton rôle d'observateur.

C'est une pratique qui te permet de t'ancrer davantage dans cet état de conscience. Plus tu pratiqueras, plus cela deviendra facile. Et moins tu seras attaché·e aux idées dans ta tête.

Chaque méditation ne sera pas une expérience transcendantale. Tu ne peux pas t'attendre à méditer une seule fois pour que tout change. C'est un changement de perspective lent, qui se fait au fil du temps, qui va au-delà de tout. Fais de ton mieux pour ne pas avoir d'attentes pendant que tu médites. Ne juge pas et n'attends rien, regarde simplement ce qu'il se passe.

Éventuellement, tu arriveras à ce moment où tu sais qu'**AUCUNE DE TES PENSÉES NE TE DÉFINIT.** Tu es celui/celle qui les regarde.

La méditation est ce qui m'a le plus aidée parmi tout ce que j'ai mis en place dans mon parcours. **J'espère que cela t'aidera aussi !**

AS-TU DÉJÀ ESSAYÉ LES AFFIRMATIONS ?

Un moyen efficace de faire taire ton discours négatif est d'employer les affirmations positives. C'est une stratégie commune utilisée par beaucoup de personnes à succès dans le monde. Et comme la plupart des choses qui se pratiquent, plus tu le fais, plus ce sera simple et efficace !

Voici quelques affirmations quotidiennes :

- JE M'AIME ET JE CROIS EN MOI INCONDITIONNELLEMENT.
- JE PEUX MANIFESTER TOUS MES RÊVES ET DÉSIRS.
- JE SUIS CAPABLE D'ATTIRER AUTANT D'EXPÉRIENCES POSITIVES QUE JE LE SOUHAITE.
- J'APPRENDS DE MES ERREURS.
- JE SUIS CAPABLE.
- J'AIME APPRENDRE.
- JE N'ABANDONNE PAS.
- JE POURSUIS MES RÊVES.
- J'AIME ESSAYER DE NOUVELLES CHOSES.
- JE SUIS COURAGEUX·SE.
- JE FAIS DE MON MIEUX.
- JE PEUX TOUJOURS M'AMÉLIORER.
- JE CROIS EN MOI.
- JE TRAVAILLE DUR.
- MES IDÉES SONT UNIQUES.
- JE SUIS RÉSILIENT·E.
- JE PEUX ACCOMPLIR DE GRANDES CHOSES.

« C'est la répétition
d'affirmations
qui mène à la croyance.
Et lorsque
cette croyance devient
une conviction profonde,
le changement
s'opère. »

MUHAMMAD ALI

Voici quelques-uns de mes conseils pour pratiquer les affirmations :

- PARLE AU PRÉSENT. (MAGY ADORERAIT ÇA !)
- CONTINUE DE LES RÉPÉTER ENCORE ET ENCORE JUSQU'À CE QUE TU Y CROIES.
- FORMULE-LES SIMPLEMENT. (UTILISE DES PHRASES COURTES ET PUISSANTES !)
- VISUALISE CE QUE TU AFFIRMES. (LES STARS ET LES ATHLÈTES LE FONT !)

Et maintenant je vais finir avec ma carte favorite : le joker !

TU AS
DE LA FORCE
EN TOI

Je veux que tu te rappelles toujours cet exemple :

« Si un œuf est cassé par une force extérieure, la vie s'arrête. »

« S'il est cassé par une force intérieure, la vie commence. »

« Les grandes choses débutent toujours de l'intérieur. »

JIM KWIK

Je vais peut-être m'arrêter ici, mais, avant, je veux que tu... **laisses ton cœur ouvert à la magie de la vie.**

Tu peux avoir des moments où la vie te semble insupportable. Mais, s'il te plaît, continue de faire de ton mieux. Continue de méditer, de ressentir tes émotions, de travailler sur ta santé physique et mentale, de manger des aliments qui te font du bien, de jouer, d'aimer, et fais au mieux pour vivre dans l'instant présent, pas dans le passé ni le futur.

Un simple moment magique de réalisation peut changer ta journée entière. Un simple souffle.
Et cette journée pourrait changer ta semaine, et cette semaine pourrait changer ta vie entière.

« Ceux qui ne croient pas en la magie ne la trouveront jamais. »

ROALD DAHL

Maintenant, il semble que nous arrivions à la fin de ce livre. Est-ce que nous allons te laisser ici pour toujours ? **ABSOLUMENT PAS.** C'est juste un « au revoir ».

Nous avons encore beaucoup de choses à te dire, mais nous allons nous arrêter là… pour que ce livre puisse rentrer dans ta boîte aux lettres quand il te sera livré !

À bientôt, dans le prochain ***Magami plus*** si tu es curieux·se d'en savoir davantage sur nos histoires, nous irons bien plus en détail par la suite…

Dernier secret :

Comment découvrir ce que tu es destiné·e à faire dans la vie ?

1. CONNAIS-TOI BIEN : COMPRENDS VRAIMENT LA PERSONNE ENTIÈRE QUE TU ES, TES FAIBLESSES, TES FORCES, CE QUE TU AIMES, CE QUE TU DÉTESTES, TES TALENTS, TES FAILLES.

2. OBTIENS DES CONSEILS DE PERSONNES DE CONFIANCE.

3. EXPÉRIMENTE, EXPÉRIMENTE, EXPÉRIMENTE : CONTINUE D'ESSAYER DE NOUVELLES CHOSES, JUSQU'À CE QUE TU TROUVES CE QUI SEMBLE ÊTRE VRAIMENT FAIT POUR TOI.

4. CONSIDÈRE LE REJET OU L'ÉCHEC COMME DES EXPÉRIENCES, MAIS NE LES LAISSE PAS ATTEINDRE TON ÊTRE PROFOND : DÉVELOPPE POUR CELA UNE CARAPACE.

5. TROUVE-TOI UN MENTOR OU UN MODÈLE POUR T'INSPIRER.

6. FAIS CE QUE TU AIMES FAIRE. SI TU NE PEUX PAS, ÉLABORE UNE STRATÉGIE POUR POUVOIR FAIRE CE QUE TU VEUX VRAIMENT.

7. AIE UN PLAN D'ACTION RÉALISTE ET SUIS-LE, NE PRÊTE PAS ATTENTION À CEUX QUI CHERCHERONT À TE DÉCOURAGER.

8. SOIS TOI-MÊME ET PROFITE DE LA VIE.

Remerciements :

Un grand **MERCI** à toutes ces personnes incroyables qui ont eu le courage de partager leur parcours et leurs découvertes avec nous...

Carole Dweck, Wayne Dyer, Mel Robbins, Jim Kwick, Louise Hay, Tony Robbins, Simon Sinek, Steve Jobs, Albert Einstein, Antoine de Saint-Exupéry, Joe Dispenza, Marie Forleo, Tom Bilyeu, Oprah Winfrey, etc.
(Tu peux chercher leurs noms sur Google si tu veux en apprendre davantage sur eux...)

Un énorme MERCI à TOI, qui nous as fait confiance pendant 168 pages.

NOUS T'AIMONS ET NOUS CROYONS EN TOI.